아버지로 산다는 것

소통과 힐링의 시

아버지로 산다는 것

이인환 시집

소통과 힐링의 시
아버지로 산다는 것

초판 인쇄 | 2015년 5월 6일
초판 발행 | 2015년 5월 8일

지은이 | 이인환
펴낸곳 | 출판이안

펴낸이 | 이인환
등   록 | 2010년 제2010-4호
편   집 | 이도경, 김민주
주   소 | 경기도 이천시 호법면 단천리 414-6
전   화 | 031)636-7464, 010-2538-8468
팩   스 | 070-8283-7467
인   쇄 | 이노비즈
이메일 | yakyeo@hanmail.net
홈카페 | http://cafe.daum.net/leeAn

ISBN / 979-11-85772-05-9(03810)

「이 도서의 국립중앙도서관 출판예정도서목록(CIP)은 서
지정보유통지원시스템 홈페이지(http://seoji.nl.go.kr)와
국가자료공동목록시스템(http://www.nl.go.kr/kolisnet)에
서 이용하실 수 있습니다.
(CIP제어번호: CIP2015010759)」

값 11,800원

소통과 힐링의 시 마당을 열며

불현 불현듯 하늘이
무거워질 때 더욱
빳빳이 고갤 들어 봅니다

간혹 간간이 종아리
퍽퍽해 질 때
더더욱 치켜 봅니다

곁에 없으면 어떠신가요
함께 못하신들 어떠신가요
이제 아버지가 곧 저인 것을

사뭇사뭇 사무칠 때
나직 나직이 속삭여 봅니다
생전 잘해 드리지 못했던 말

사랑합니다
사랑합니다

하고 싶은 것 다 해주지 못하는 아버지를 원망했던 적이 있습니다. 이제 먼 길 떠나신 아버지 뒷자리에서 어느덧 자식이 하고 싶어 하는 것 다 해주지 못하는 아버지가 되고 보니 먹먹한 회한으로 자리 잡았습니다.

그동안 〈아버지 어머니 그리움 사랑〉을 접한 많은 분들이 저와 비슷한 속내를 털어 놓으며 한 편의 시가 소통과 힐링에 어떻게 큰 힘을 발휘하는지 보여주었습니다. 때로는 눈시울 붉히고 때로는 환한 미소로 함께 했던 모든 분들에게 감사드리며 이렇게 한 발 더 가까이 다가가 봅니다.

매주 시창작 교실을 이끌어 주심으로써 창작동기를 제공해 주신 채수영 교수님과 함께 하는 시창작을 통해 소통의 즐거움을 일깨워주신 부악문학회 동인들께 감사드립니다.

또한 지금 이 순간에도 저와 함께 평생학습 현장에서 독서와 글쓰기로 소통하는 즐거움을 나누고 계시는 분들에게 진심으로 감사를 드립니다. 함께 나누는 소중한 자리가 제 삶과 시세계의 근원임을 한시도 잊지 않고 있습니다.

항상 밝게 자라주는 두 딸과 언제나 큰 위안을 주는 동생과 매제, 누님과 형님들께, 그리고 하늘에서 부족함이 많은 아들을 지켜주시는 아버지, 어머니께 감사드립니다.

2015년 5월 가정의 달에

■ 차 례

1부

꽃씨 영그는 마음을 알겠다

가 족

말이 없어도
하늘이
든든한 이유를 알겠다

산이 바위가
나무가

굳건히
뿌리 내린
힘을 알겠다

결코 변함없다는
믿음이 충만한
생의 근원

꽃씨 단단히
영그는
계절의 마음도 알겠다

가을로 가는 여행

아버지가 여물지 않은 곳은 없었다

감나무 끝에 매달린 햇살
뒤꼍 장독대 익어가는 세월

앞뒷집 엉켜 있는 늙은 호박
찬바람 스쳐가는 추억에도

한 가득 여물어 있었다
아버지는

봐라 봐라 땀은
속이지 않는다

윙윙 탈곡기가 뿜어대는
까끄라기 땀샘에도

참깨 들깨 탁탁 터지는
콩깍지 속에도

아버지는
풍성히 여물어 있었다

아버지의 봄

1.

봄이 오는 소식을
아버지는 등으로
짊어지셨다

지게 가득 외양간
쇠똥 거름 뒷간 인분
논으로 밭으로

땅 속 깊숙한 곳에서
언 땅 뚫고 기지개 켜는
봄의 생기를

뜨거운 입김 날리며
아버지는 거뜬히
등으로 짊어 지셨다

2.

아버지의 봄에는
삼남이녀의 봉오리가
망울져 있었다

아지랑이 햇살 버들강아지
봄 노래 한 줄 제대로
부를 줄 모르던

아버지의 지게 위로
기승을 부리던
꽃샘추위

두 딸의 아버지 아들의
어깨 위로 시나브로
내려 앉는다

신 발

1.

집을 나설 때면 아버지를 신는다.

종아리 퍽퍽한 아스팔트 길도
돌부리 채이는 오솔길
자갈길 가시밭길도

발걸음 곱게 지켜주는
아버지가 있기에
두렵지 않다.

2.

아버지를 신는다.

아버지가
걸었을
아버지의 아버지가
걸었을
아버지의 아버지의 길 위에

닳고 해질지라도
감싸야 할 아버지의
길이 있기에….

개나리꽃

상추 한 잎 애호박 하나라도
앞집 뒷집 옆집에
나눠 드셨다
아버지는

아는 걸까
개나리는
아버지의 삶을

홀로 솟아 오르기보다
앞으로 뒤로
옆으로

더불어
의지가 되고
울타리 되면서

샛노란 자태로 가끔씩
수줍은 미소
짓고 있으니

도드람산을 보며

왜 –
"예!"
라고 못했을까?

칠십 평생 지척에 살며
이름만 들었다는
아버지

눈 감기 전에 한 번쯤
올라 보고 싶다
하실 때

나는 왜
반나절
마음조차 못냈을까?

산은
기다리는데
변함없는 자리인데

이렇게
사무칠 줄이야
가슴 아릴 줄이야

18

아버지의 잠바

차마 태우지 못하고
십 년을 모셨다

시장통에서
사 드린 그해
겨울

좋아라
함박 머금던
칠순의 아들 자랑

와르르
순식간에
무너진 하늘

꺼이꺼이
보낼 수 없어

이것만은
이것만이라도

차마 태우지 못하고
십 년을 모셨다

아버지의 시계

어느 순간
딱
멈췄다

충분했건만
미처 챙기지 못한
앞 서 가신 발자취

아프게
아프게
가슴을 파고 드는데

일말의 미련도
기회도
남기지 않고

딱
멈춰 버렸다

아버지로 산다는 것

웃어야 할 이유를 알겠다
왜라고 왜 그러냐고
말할 필요 없다는 것도

전부가 있기에
가족이라는 이름의
든든한
의지가 있기에

세상 포근히
웃어야
웃어야 할
이유를 알겠다

아버지라서

달라는 대로 모두
주고픈 마음
누군들 없으랴

해 봐라 까짓거
못할 게
뭐 있느냐

큰소리치지만 막상
얻고 싶은 것 다
누려 본 적 없기에

때로는 무거워지는 하늘
유난히 퍽퍽해 지는
삶의 무게

그래도
저래도 강한 척
든든한 척

아버지로
아버지라서

바지춤을 추스르며

잃는 것만 아니구나
아프다고

누워도 깨어서도
부대끼면서

나잇살로 먹어가는
뱃살 허리살
조여대는 바지조차
미련 버리지 못할 때

버리라고 버리라며
용돈 통장
털어 댄
딸들의 미소

달달하게 녹아가는
허리춤의
통증

운동화 선물 받은 날

꿈여행을 했습니다
불혹 끝머리

잔설 녹아 흐르는
아버지 어머니
무덤가

언 땅 풀리며
낮낮게
퍼지는 냉이 향

세뱃돈 정성 담은
두 딸의 깜짝쇼
나래를 탄

하늘하늘
사사뿐 행복한
여행

작은 풍요

꽃이 피었다
혼자 먹는
밥상에

잘잘근 고소소
오징어포조림
한 가득

주말에나 만나는
열일곱 큰딸
정성 듬뿍

배시시 환한
꽃으로
피워 올랐다

구두를 신으며

성큼성큼 매장으로
이끌더니
용돈 통장 선뜻

아른아른
미소로 풀어 놓던
열일곱 살
큰딸아이

함부로 걷지 못하리라
길 아닌 길
내딛지 못하리라

나설 때마다
새겨보는
내 마음의
거울

복숭아 두 그루

꽃이 좋아 심었더니
정으로 여물었다

참외 수박 훈훈한
여름 나누시던 아버지
닮은 작은형

올해는 하나라도
더 나누려고 꼭꼭
봉지 싸맸다며

삼남이녀 불러 모우던
어머니 가신 빈 자리

옹골지게 여문
그리움으로
가득 채웠다

봄비 때문에

기숙사 짐 푸는
열일곱 살 딸아이

괜찮다 괜찮아
강한 척
돌아섰지만

조잘조잘
가슴 적시는
차창 밖

버들강아지 개나리
목련나무
가지가지

함초롬 맺히는
망울망울

목도리

시장통 잠바 한 벌에
한겨울 녹일 듯
함빡 웃던 아버지

아, 그게
이거였을까

한 코 한 코
열여섯 딸아이

체온이 느껴지는
따뜻한 세상

절로 절로
스며드는
내 안의 행복

아버지 마음

모범답이라도 있으면 좋겠다
외우고 외우다 보면
위안이라도 줄 수 있으니

다 해줄 수 있으면 좋겠다
따라 와라 믿고
따라만 오라고
확신이라도 줄 수 있다면

새 한 마리
어찌할까
어찌할까나

모범답이라도
정답이라도 있으면
정말 정말
좋겠다

부모 마음

사방공사 일당 벌러 새벽처럼 일 나가신 어머니 홀
로 군입대 하는 막내를 위해 뿌연 먼지 날리는 동구
밖 버스 꽁무니로 손 흔들던 아버지 의정부 보충대
고향으로 보내는 사제복 소포에 그깐 돈 몇 푼이 더
중요하다고 남들은 입구까지 따라왔는데 아버지도
아닌 엄마는 새벽처럼 일 나가셨냐며 투정 가득 보
낸 쪽지에 많은 눈물 흘리셨다며 돌아가실 때까지
평생 미안하다 미안하다 하시던 어머니

아빠 인대가 끊어졌대나 봐 발목이 너무 아파 퉁퉁
부었어 330킬로미터 밖 전지훈련지에서 핸드폰 타
고 들려오는 열일곱 살 딸아이 다급한 목소리에도
바로 달려가지 못하고 미안하다 미안하다 할 수밖에
없는 현실이 너무 무거워 뜬 눈으로 새우는 지천명
이제서야 겨우겨우 챙겨보는 부모의 마음

아울렛에서

얼어버린 주머니 속에선 호기심도 어쩔 수 없구나
미안하고 미안하다 딸들아 아시아 최대 프리미엄 아
울렛 오픈기념 최고 60프로 세일도 꽁꽁 지갑을 열
지 못하는 아빠의 눈치만 보며 들었다 놨다 겨우겨
우 최소치 욕심의 간을 맞추고 그래도 좋아라 좋아
라 함박 웃는 딸들아
졸업해서 돈 벌면 패딩 사준다며 오히려 아빠의 외
투를 걱정하는 딸들아 눈발쯤이야 살을 에는 추위쯤
이야 아빠는 아빠는 끄덕없단다
언제나 웃어주는 너희가 있기에

슬럼프 슬럼프인 거야

– 축구하는 딸에게

열심히 하는데 잘 하려고 하는데 그만 두랄까 봐 힘
들어 하면 당장 그만 두랄까 봐 눈치 보며 울지도 못
하고 먹먹한 가슴 달래는 아이야 울어라 맘껏 울어
라 슬럼프 슬럼프인 거야 전부를 걸어 본 적 없기에
한 번도 슬럼프 겪어 본 적 없는 아빠는 말로 즐겨라
즐겨라 토닥토닥 할 수밖에 없는 짧은 지식이 너무
아프다
울어라 맘껏 울어라 아이야 지금은 지금은 슬럼프인
거야

땡볕 아래 보듬는 어린 꿈

섭씨 34도 나무 그늘 하나 변변찮은 인조구장 열여
섯 살 딸아이 축구공 하나 이리 차고 저리 뛰며 엎어
지고 나뒹구는데 헉헉 관중석에 앉아 있는 것만으로
도 숨 가쁜 한낮의 응원가

졸이고 졸이는 폭염 속 세상에 무엇 하나 쉬운 일이
있으랴만 어쩌다 여기까지 왔는지 애타는 마음 다치
지 마라 몸만 성하거라 이왕 하는 거면 잘 하라 응원
은 한다마는 땡볕 속에 타오르는 애처로움 어쩔 수
없어

국가대표 꿈이라며 새까만 얼굴 성한데 없는 몸으로
간혹 터트리는 기막힌 패스와 슈팅을 봐도 얼마나
힘들었을까 저렇게 하기까지 안쓰러움 털어내려 오
버 액션으로 목청 높이며 땡볕 아래 보듬는 딸아이
의 어린 꿈

헉헉 뜨겁고 뜨거워라

2부

지천으로 펼쳐놓은 그리움

좋은 엄마

웃었다 하늘도
햇살도

아니 아니
세상에
제일로 소중한

엄마가 우리
엄마가

어머니 생신

이만하면
충분하지 아니한가

삼남이녀
쭉쭉 뻗은
손
외손
증손

쟨 누구니?
쟤는?

가물가물한 기억력도
어찌지 못하는

여든 둘
환하게 빛나는

어머니의
미소

개망초

가뒀으면 더 예뻤을까
무더기 무더기

예초기 요란한 칼날에
스러져 나가도

점점이 하얀 미소
햇살로 날리던
개망초

흔하니까 모르지
예쁘다 예뻐

되뇌시던 어머니
무덤가에 출렁이는
그리움

따스함에 대한 명상

질화로 토장국
가끔 아주 가끔
새록새록

잔설 초가집 고드름
바람 잠든 한낮의
옹기종기

어머니 뜨개질 옛얘기
문풍지 울리던
별빛의 웃풍

고요히 침전하는 유년의
들숨 날숨
깨워주는

아, 병실의 어머니
잔잔히 머금던
마지막
눈빛

오월의 향기

참나무 소나무
오솔길 따라 풍기는
뻐꾸기 향내

도랑 도랑 골짜기
고사리 찔레순 햇살 따라
아카시아 출렁이는 송송이

땀방울 적시던
아버지 어머니
진한 흙 내음

바람도 솔솔
산새도
향긋향긋

새싹 돋는 자리

촉촉 봄비
스며 든
자리 자리

웃으며 웃으며
보내야 한다는 걸
알면서도

뒹구는 꽃잎의 잔해
어쩌지 못해
가슴 에이는

그 자리 바로
그 곳이
새싹 돋는 자리

어머니 무덤가
파릇파릇
눈부신 햇살

꽃다지

찾지 않아도
부르지 않아도

가까이 머얼리
아른거리는

들밭 골골이
봄날의 기억들

아버지 곁에
잠 드신 어머니

앞치마 가득
봄나물 풀듯

꽃샘바람 흙먼지 속
지천으로 펼쳐 놓은

아, 낮게 낮게 깔린
아득한 그리움

노인병원 어머니

맛있다
아, 맛있다

아들 딸에 대한
기억마저 내려놓고

딸기
오렌지
참외
......

겨겨우 받아 드시며
연신연신

가슴을 찔러대는
어머니의 병실

아, 좋아하셨구나
어머니도

이 모든 걸
다아

어머니의 선물

설빔 대신이라며
졸라 졸라 잡아 든
신형 핸드폰

"죄송해요, 사랑해요"

홀아빠 주머니 살피는
열다섯 딸아이
어리광 쟁쟁한데

빈 집 지키느라
기억마저 내려놓은
홀어머니 여든셋

"누구신가?
아~들~?"

병실조차 어쩌다
얼굴 비추는 자식에게
겨우겨우 되돌려주시는
어머니의 기억

첫시집 선보인 날

어머니
웃어 주시니
하늘도 웃었다

활짝 핀 꽃송이
아롱아롱
맺힌 향내

환하게 녹아내리는
가슴 속 언어
온몸 빛으로 피오고

땅 끝으로 스며드는
무언의 눈빛
발걸음도 가벼이

어머니
웃어 주시니
세상도 웃었다

시골 풍경만 보면

칠십 넘도록 들에 사신 어머니
비닐하우스 채소밭 일 나가셨다가
뜨거운 열기 이기지 못해
풍으로 십여 년
약으로 시달릴 때마다

"엄마가 있는 게 낫냐?"
"그래도 없는 것보단 낫겠지?"

입버릇처럼 쓸쓸히 되뇌시더니
끝내 모든 기억 내려놓고
멀리 가신 어머니

이제 아셨나요?
곁에 계셨던 것만으로도
얼마나 큰 힘이 되고
든든한 버팀목이 되셨는지

등산로에서

생각이나 했을까
그 시절 아버지는
낙엽만 밟아도 햇살만 담아도
좋은 지금은

여저기 버려져 있는
땔나무 장작
아까워라 아까워
한겨울 장작집 가득
땀 절었던
아버지
산새소리 바람 타고 하늘하늘
솔솔

진달래 망울질 무렵

단비 스며든
산 중턱
어머니 미소

꽃구경 가자던
병실의 약속

끄덕끄덕

모든 말과 기억
내려 놓더니

임종도 지키지 못한
위안이련가

괜찮다 괜찮아

망울망울 퍼지는
그리움의
환청

주말비

이 핑계 저 구실
밑천 날 때
어쩌다 찾으면

"니 늙이 부른 거여
일하기 싫으니…."

모처럼 날 잡은 일꾼 하나
일 한번 부리지 못하고
바리바리 챙겨만 주시던
아버지 허탈 웃음

애써 날 잡은 주말에
지천명 머리 위로 속절없이
쏟아지는 그리움

"니 늙이 부른 거여
일하기 싫으니…."

주주룩 젖어드는
아, 아버지
아, 버, 지

소년의 가을

베도 베도 끝없던 품앗이
낫질만 능숙해지던
가을걷이

끊어질 듯 허리에
까끄래기로 내려앉던
저녁 놀 위안 삼아도

정말 정말 싫었던
풍요의 계절이 있었다

언젠간 화석으로 남으리라
고단한 농군의 삶
고스란히 품고 가신
아버지 어머니

산딸기

변한 건 맛이 아니라
혀끝을 스쳐간
세월

빨갛게 물든
입술 쑤욱
훔치던

뒷동산 앞내울
지천으로
달콤했던

유년의 추억
혀끝을 통하는
세월의 음미

매실 담그는 햇살

딸아이 좋아한다
소문냈더니
잊지 않은 누님
챙긴 장날에

세상은 살기 마련이라던
돌아가신 어머니
조곤조곤
되살아오고

백일은 묵혀야 약이 된다며
참을성 없는 혈육 챙기는
매실 알알이 침전하는
나른한 햇살

3부

보는 것도 좋은데
얼마나 좋은가

봄 찾는 마음

햇살 밝은 웃음
아장아장

꽃샘바람 간혹
심술 부려도

망울망울
퍼져 나가는

봄 찾는 마음
좋아라 좋아라

아지랑이
아롱아롱

새싹처럼

보는 것도 설레는데
얼마나 좋은가
함께 하니

요기 또
조기
환한 얼굴

걸음걸음
펼치는 희망의
향연

응달도 잔설도
포근히 감싸는
새싹처럼

보는 것도
설레는데
얼마나 좋은가

3월의 노래

예측할 수 없기로는 사람만 같을까
맞추며 사는 법을 배우라 한다

하루라도 금방 꽃눈을 틔울 것 같더니
함박눈 쏟아 붓는 해맑은 얼굴

화사한 봄햇살 이겨 먹으려는 듯
살 속 파고 드는 황사바람 심술에

예측할 수 없기로는 사람만 같을까
맞추며 맞추며
사는 법을 배우라 한다

개화(開花)

대수랴 꽃샘바람
누군가 먼저 얼굴 내밀어
괜찮다 괜찮아 신호 보내니
우르 우르르

나와라 나와라
봄이다 봄
꽃망울 펑펑

꽃 세상에 취하면

꽃이다
꽃꽃

햇살도 바람도
헤실실

풀어 풀어
더 이상
숨길 게 없는

아픔도 그리움도
향내에
반짝이는

계곡에 들녘에
화알짝

꽃이다
꽃

낮은 곳의 이야기

꽃이 있다
한생 머문 곳

떼잔디 낮게 깔린 무덤가
할미꽃 제비꽃

흙먼지 뒤집어 쓰고
꿋꿋함으로 살아온

콩 감자 알알이
묻힌 땅 위로

무더기 무더기
웃음 짓는
꽃이 있다

작은 들꽃들의 소식

좋아라 좋아라
견줄 게 없으니

고고만한 자세로
낮고 낮게

올망졸망
똘똘망

고와라 고와라
척할 게 없으니

곱고운 얼굴로
흔하디 흔하게

벙긋벙긋
배시시

봄낙엽

낙엽은 죽지 않았다
가지에서 밑둥으로
자리만 옮겼을 뿐

조금만 더 세월에 버무려지면
그때는 정말 뿌리로 가리라

머무는 곳이 어디든
그곳이 내 자리라

하늘 보고 땅 보고
새소리 바람소리

사사삭 삭삭
설 자리를 찾는구나

봄눈 풍경

길은 있다
숨 쉬는
생이 있다

눈 쌓인 나무 숲에
산새 소리
옹기종기

망울 진 벚나무
파르르 털어내는
눈꽃가루

부지런히 앞서간
산책로에
정겨운 발자욱

봄

편애하지 않기로 했다
그랬더니 보이더라

기나긴 얼음장 밑
지난했던 인고가

눈보라 속 미소 짓던
우리네 사랑이

꽃망울

그대가 그랬지 바로
처음 본 순간

보일 듯 감춘 듯
설레는 가슴으로

하늘도 좁아
우주를 품었던

그대가 그랬지 바로
새소리 품은 이슬처럼

꽃망울 단상

기다리다 보면
언젠가는
반드시

환한 웃음으로
올 줄 알기에

오늘은 다만 배시시
이슬에 머무는
아침 햇살

조급하지 말자
서두르지 말자

가만히 가만히
새겨 보는
기다림의
자세

기다리는 마음

어긋날지 몰라 어쩌면
딴 길로 샐지 몰라

차라리 한 자리에
굳게 새긴
다짐들

새순이 꿈틀틀
정한 마음
한가운데

햇살도
생글상글

푸른 싹을 위한 풍경

얼마나 있을까
좋은 노래

가벼이 머무는
꽃망울의
미소

언덕을 향하는
기다림의
습관

파릇파릇 아지랑이
산새, 들새

흥얼흥얼 퍼트리는
햇살, 바람
그리고
나

배추 된장국

알찬 배추포기
구백팔십 원
하나로 마트 미끼상품
싼 맛에 덜컥 물고 보니
좋다 좋구나
봄내음 향긋향긋

목련차

바라 볼 줄만 알았지
가슴으로 품을 줄
몰랐는데

시향(詩香)에 취하니
목울대 타고 흐르는
아른한 그리움

향긋향긋
깊깊이

이제는 알았으니
언제든 오시게

목련차 한 잔
마주하고
싶으니

비 갠 아침의 낙화

붙잡지 못한
바람을
서성서성
떠나지 못하는
미련을 탓하랴

슬퍼 마라
아파 마라
돌아보지 마라

여저기 물기 머금은
꽃잎 신 자리

햇살은
아무 일 없단 듯
환한 얼굴

산새는 더더욱
청명한 노랫소리
조잘잘 울려 주네

하늘에서 오는 소식

다녀 갔을지 몰라
어쩌면
어쩌면

머물렀을지 몰라
다만
다만

신새벽 고요 속에
살며시
살며시

여명을 앞세운 햇살
골고루
골고루

어떻게 하면 잡을 수 있을까
계절은 저리 눈이 부신데

오월 풍경

모든 것이 희망이다

깨알 콩알 쏙쏙
감자 고구마
올망졸망

자두 복숭아 알알이
지고 피는
꽃자리

신록으로 단장한
너른 산하

스치는 모든 것이
모두 다
희망이다

4부

바람탓 아니오
계절탓은 더더욱

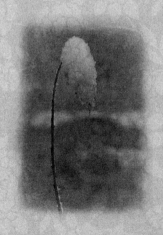

가을에

1.

햇살이 묻는구나
준비 됐냐고

듬뿍듬뿍
줄 테니

무엇이든
받아 줄
준비하라며

2.

바람이 묻는구나
빈 자리 남겼냐고

문득문득
찾을 테니

언제든 맞아 줄
자리 하나
남겨 두라며

낙 엽

햇살 저민들 어떠랴

떠나고 보내는 일이
한생의 숨결인 걸

바람 탓 아니오
계절 탓은
더더욱

머물렀던
흔적이나마

빛 고운 모습으로
맺고 지고

또 낙엽

'또' 라는 말이 좋다
너무나 아쉬운
날들이기에

또 만날 수 있다면
또 할 수 있다면

세상엔
또 또
할 게 정말 많은데

어쩔 거나 인생은
우리네 한생은

들국화

햇살에게 배웠나
환한 웃음
수줍은 듯

바람에게 익혔나
향내는
절로절로

사랑 받는 것도
쉽지 않지만

오오래 간직하기는
더더욱

찾아 드니
아낌없이

꺾어 드니
미련없이

고 독

꽃무늬 벽지였으면 좋겠다
나비도 함께였으면 좋겠다

새벽잠 오롯이 앗아 간
적막
달랠 수 없어

새벽도 가을을 타나 보다
창밖 가로등 하나 빗방울로 채색하다

가을비 내린 날에

똑같은 비 내리지만
와르르 지는 잎새와
악착같이 매달린
잎새가 있다

똑같은 한생이건만
지는 잎새 보는 이 있고
옹골진 잎새
노래하는 이 있다

어디를 보는가 너는
무슨 노래
부르려는가

곧 겨울이 오리라

기약할 수 없으리라
준비하지 않으면
나무는 잎을 털어
목생(木生)을 채우고
농부는 알곡을 털어
인생을 채운다

곧 겨울이 오리라
그대 무엇을 털어
무엇을
채우려는가

박넝쿨 앞에서

거대한 덤블을
이루었구나

튼실한 뿌리
하나가
......

너의 뿌리는
무엇을
이루고 있는가?

떠나가는 사람아

흔들어 대는 그 무엇이
아무렇지 않게
지나 갈 수 있을까

바람도 저렇게
가지 끝에
걸려 있는데

낙엽도 저러이
호숫가에
일렁이는데

아무렇지 않다고
말하지 말라
사람아

흔들리는
나도
이렇게 아프다

단 풍

내려놓기 어려운 거야
절정에 오를수록
더더욱

용기가 필요한 거야
때에 이를수록
결연히

뒷모습까지 챙기는
세심함으로
아낌없이

낙엽의 소식

1.

바람은 이별을 노래하지 않는다

익숙함에 물들면
오고 가는 일도 그저
바람이라지만

무심히 무심히
부딪치는
인연 따라

가지 끝을 흔들 뿐
이별을 노래하지 않는다
바람은

2.

계절은 언제나 그 자리에 있다

마음 하나 애써
챙기지 못하면 버릇대로

끌려갈 뿐이라고

밑으로 밑으로
떨어지는
고개 들어

파아란 하늘
밝은 햇살 웃으며
웃으며

가을안개

물기 먹은 낙엽이 발밑에서 신음을 토한다
치르치르 얼마 남지 않은 풀버레 소리
촉촉한 안개 속으로 물 들어 간다

이런 날은 더더욱 그리움도 짙어간다
밖으로 향하던 마음 저절로
안으로 안으로

가을날

잠자리 한 마리
손 끝에
내려 앉았습니다

나도 너를 사랑한다
속삭이고
창공을 보았습니다

잠자리떼 나래질
곱게 여문
계절에

살며시 헤살거리는
햇살도 구름도
하늘하늘

가을비

1.

탓하는 건 못난 짓이다

햇살도 낙엽도 오롯이
담지 못하는
하늘을

새 소리 바람 소리
낙엽 밟는 소리에도
가슴 에이는

짙은 그림자
스스로 덧내는

2.

잡을 수 있었을까
우산이라도 받쳤으면

너를 탓하는 건 아니다
계절은 더더욱

오가며 만나고

헤어지는 일이
익숙할 법도 한데

종내 잡을 수 없어
후두둑
후두둑

낙엽더미

모여 있으니 보기 좋다
어울리니 더욱 좋다

처음부터 끝까지
함께 하는
뒷모습이 아름답다

저러 저러이
뿌리 지키는

죽어도 죽지 않는
생명이 되니

5부

속지 마라
화려한 불빛

지성에게 고함

아직은 밤이다
착각 마라 네온사인

속지 마라
화려한 불빛

눈 멀면
뵈는 게 없다

운무(雲霧)

무대가 되리라
맘껏 펼쳐 보라
그대

활개치는 새처럼
걸림 없이
당당히

마음 가는 대로
바람 부는 대로

아침 햇살

이슬이 반기니 아름답다
짧은 만남 함께 하니
더욱 빛난다

얼마나 머물까 우리
이슬 물든 낙엽도

빈 가지 흔드는 바람도
햇살 타고 초초롱

호롱불

얼마나 든든한가
함께 있으니

짙으면 짙을수록
더욱 빛나고

흔들면 흔들수록
악착스레

굳은 심지
하나로
오롯이

유월에

1.

너무 빨라진 건 아닐까

기계음 따라
허벌떡 쫓기는

땡볕 숲
아스팔트 지열 속으로
아련아련 축 쳐지는

우리
너무 빨라진 건 아닐까

2.

들어 봐 들어 봐

뻐꾹 뻐꾸욱
치르 치르르

누구나 들을 수 없는

그 소리

네가 나라야
내가 너라야

오솔길 촉촉이 스미는
그리움의 소리

하행선

돌아갈 곳이 있다는 건 행복이다
어디서 무엇을 하건
원점이 있다는 건 위안이다

그대 어디로 가는가
서둘지 마시라
애타지 마시라

하행선 종점
언제나 그 자리
변치 않으니

장미를 밟는 이에게

그럴 수도 있지
그래 그래

팽개치기도 하고
짓밟을 수도 있지

때로는 버거운 열정
살피지 못하면

향기가 대수랴
마음이 닫혔는데

그래 그래
그럴 수도 있지

장미

잊지 마라
마음 얻으려면

새빨간 장미
향긋향긋

땡볕 속에서도
미소 머금는

저 뜨거운
정열을

화

터트리는 게 대수랴
남아 있는
날들이 문제지

휩쓸고 간 자리에
산새 소리
멍들어 있고

햇살조차 눈물 짓는
높파란 하늘에
바람마저 아려오면

채이는 돌부리에
머무는 숨결도
조심조심

용 서

1.

후회할 일은
충분하다
지금까지만이라도

국화야 낙엽이야 이럭
저럭 머무는 동안 언젠가
다시 볼 수 있겠지만

사람이야 사람의 일이야 살아
살아 숨 쉬는 한 상처만
아픔만 덧낼 뿐이니

2.

이기지 못하리라 알아
아는데 안 돼
하는 만큼

아무렇지 않은 듯
강한 척

해 왔지만

햇살에도 달빛에도 문득
문득 무너져 내리는 생의
무게에 치일 뿐이니

대관령에서

가끔은 높은 곳에 올라 볼 필요가 있다

왜 구름이 머물 곳을 찾지 않는지
바람이 왜 미련 없이 스쳐 가는지

좀 더 가까이 만나 볼 필요가 있다
가끔은 아주 가끔이라도

햇살 내리쬐는 고사목 하늘하늘
퍼져나가는 민들레 홀씨에도

거칠 것 없이 살아 숨쉬는
저어기 광활한 꿈을

오롯이 새겨 볼 필요가 있다

양 심

지하철을 탔다
바로 앞 사람 일어나
내 자리다 싶어
여유 부리는데
아줌마 하나
잽싸게 낚아
두 눈 딱 감고 있다

그래도 위안이다
저렇게
눈을 감고 있으니

성에 낀 아침

침침한 것이 그나마 다행이다
한번 더 살피고 살펴야 하니

보인다고 잘 보인다고 제대로
보지 못하는 것이 얼마나 많던가

보이는 것이 다는 아니다
살피고 챙기고 닦아야

조금이나마 볼 수 있다고
와이퍼 자락 흔들며
조심조심

6부

소식도 종종
농익힐 필요가 있겠다

나다움

뚜벅뚜벅
뚜뚜벅

가끔 가끔은
최선인가
과연 최선인가

끄덕끄덕
끄끄덕

겨울이 깊을수록

쉬었다 가시라
잠시
내려놓고

칼바람 빙판길
조심
조심

돌아보고 또
살펴보며

천천히 가시라
잠시 쉬었다 가는
마음으로

시장통에서

겨울이 따뜻해 지니 좋다

빈 가지 햇살 아래
좌판 펼친 할머니
시린 입김 속에

첫눈을 향한
셀레임조차
호사가 되어 버린

윙윙 타들어 가는
보일러 속
애틋한 겨울나기

해 묵은 잠바
빛 바랜 목도리
머무는 바람에게도

겨울이 따뜻해 지니 참 좋다

햇살처럼

말 한 마디 눈빛인사
내가 먼저 따쓰하고
포근하게

커피 한 잔 들꽃 향기
네게 먼저 온몸으로
정성 다해

햇살처럼 살고 싶어
하늘 아래 땅 위에

작은 풀씨 하나라도
아낌없이 사랑하는

햇살처럼
햇살처럼

꽃길을 거닐며

무슨 놈의 생각이 예까지 따라 붙는가
그대로 있는 그대로 즐겨보면 좋잖은가

털어보려 애쓰지만 절로
저절로 달라붙는 상념의 끄나풀

보고 있는가 화사한 꽃무리
함께 거닐던 추억의 거리

언젠가 만나리라 아쉬운 이별
분분분 따라 붙는 바람의 향기

잊지 마시라 그대로
있는 그대로가 내 안의 전부임을

산새와 더불어

말해 놓고 보니 뿌옇다

그저 그러려니
하늘은 미동도 않는다

그 아래 산이 닮았다
바위도 닮았다

조잘조잘 산새가
위안을 준다

산은 산대로 나는 나대로
생긴 대로 사는 거라고

소식도 농익힐 필요가 있겠다

소식을 기다리던 때가 있었다
우체부 아저씨 오토바이 소리만 들려도
두근두근 가슴 뛰던 때가 있었다

기계음에 익숙하지 못해서일까
카톡카톡 기다릴 새 없이
찾아드는 소식들 볼 때면
가끔 우체부 아저씨 오토바이
소식이 그리울 때가 많다

종종 소식도 농익힐 필요가 있겠다

침을 맞으며

또 깜빡할 뻔했다
언젠가 나도
가야 한다는 것을

이렇게 아프니 문득
콕콕콕 허리춤에
새겨지는

통증마저 시원하다
잊지 말라고
챙겨 보라며

버킷리스트 굳이
헤아리지 않아도
총총히

엉덩이 속살 예리하게
파고드는 바늘
끝마저 후끈하다

통 증

무엇을 놓친 것일까
무얼 찾아야 하나

몸 하나 마음대로
다루지 못하고
마음 하나 몸에
맞출 수 없는 통증

사는 일이 얼마나
대단한 일인지
몸 성한 게
얼만큼
큰 축복인지

한번쯤 살펴 보라네
찾아 보라네
왜 사는지
어떻게
살아야 하는지

안개길

고마울 때가 많다
걸음걸음
때때로

세상 중심이
나라는 것을
일깨워 주니

보이지 않는 것도
살펴야 하는
인생길

어디를 보는가
무엇을 살피는가
그대

호 수

언제라도 지켜주는
그 자리 정겹다

바람 불면
흔들리고

햇살 뜨면
반짝이는

산새 소리 무수한
발자욱 소리

나뭇잎 풀잎
돌멩이 하나라도

굳건히 지켜주는
그 마음이 정겹다

가을비2

일부러 그럴 리는 없겠지만
누군가에겐 결단의
순간일 수 있습니다

때를 알면서도
머뭇머뭇 안쓰러워
등을 미셨나요

화르륵 쏟아지는 낙엽에
화들짝 계절도 숨죽여

서성서성
발걸음 잡아 봅니다

낙엽을 쓸며

알면서 할 때가 좋다
쓸고 또 쓸어도
그 자리라는 걸

그리워지리라
모두 떠나면
아련해지리라

알면서 할 때가 좋다
챙기고 챙기는 게
행복인 것을

7부

가라 망설임 없이

도 전

가라 망설임 없이
두웅 둥
가슴의 소리

디뎌라
저질러라
등불을 켜고

영광은
용기 내어 디디는
첫발에 있다

라일락 예찬

어찌 그냥 갈 수 있나
잠깐 잠깐만

나고 들 때마다
저절로 잡아 끄는

라일락 서너 송이
오롯한 향기

무엇이 있느냐
네게는

나비도 바람도
그냥
지나치지 못하는

세상을 끄는 저렇게
강력한
그 무엇

왜 파마를 했냐고?

새것 얻고 싶으면
새로운 일을 하라

말은 쉽게 하지만
해 본 사람은
알지

할까
말까 꼭
해야 하나

지지고
볶아대는
마음을

하던 것만 하면
얻는 것만 얻는다

겨울 햇살

햇살 쬐러 나선 베란다
시리게 파고드는 추위에
다시 바라보는 하늘

한겨울
이기게 하는
따스한 손길

나도 누군가에게
햇살 같은 사람
그런 사람이기를

고요히
새겨보는
아침

책을 펼치며

날마다 광장에 선다

뻔히 아는 이씨도
매일 만나는
김씨도

때로는 부러워 너무
부러워 주눅 들게 하는
사람도

아파 너무 아파
먹먹하게 하는
사람도

씨익 한 번 돌아 보면
하늘도 미소 짓는
광장에

오늘도 나는 선다

산 새

큰 힘이다
그대가

혼자가 아니라고
일러주는 목소리

내려 놓아야
챙길 수 있는
생의 위안

그렇게 곁에 있어
정말
큰 힘이다

유월 바다

햇살 좋아 맨몸으로
뛰어들려 했는데
오늘도 슬며시
훼방 놓는 서늘바람
여저기 파도가
삼켜 버린
발자욱

왔다 갔노라 가슴만 활짝
열어 놓고 갑니다

글쓰기

여린 가슴으로
하나 둘
얼굴을 내밀었다

피보다 진하게 꼭꼭
감싸 안기만 했던
망울망울

소중한 뜻으로
엮고 엮은
열병의 표정들

어둠 속으로 스며드는
원망 혹은 죄책감에
멍들지 않은 이 없으니

그런저런 대로
어울리자며 여린
얼굴 내밀었다

새해에는

- 수종사에서

꽁꽁 언 숨소리
헉헉 채이는
허연 입김도

풍경소리
눈발 가득
흩날리는 탄성도

낯 선 사람끼리
조건없이 주고받는
환한 미소도

탁 트인 설렘으로
달뜬 손님
손님들에게

말없는 미소로
차 한 잔 권하는
보살의 마음으로

자동차처럼

불러만 준다면
햇살처럼
달려 가리니

너울너울 출렁이는
동서남해 어느 곳

산새소리 은은한
깊은 산 속
어디라도

그리운 이여
불러만 주오

시끌벅적 시장통
국밥집
그 어디라도

바람처럼
바람처럼

산책길

따라 되새기는
상념의 길

밟히고 채여도
더 이상 아픈 소리
안 하기

아프면 너무
아프면

뚜벅뚜벅
헤실실

하늘 보고
풀 보고

고속버스에서

스쳐가는 것은 아름답다

그 중에 몇 개
추억으로 더러
아픔으로

선명히 새겨지는
노래가 되고
보석이 되니

스쳐가는 모든 것은 아름답다

가로등 아래서

어둠마저 삼켜버린
짙은 밤안개

세상은 칠흑보다
더한 암전

든든하다 그래도
살 만한 세상

가로등 오롯이
자리 지키니

빛만 보고 오소서
그대 나 여기
있으니

용기

알고 보면 별거 아니다 하늘도 때로는 햇살만으로
식상하니 찌푸려도 보고 스멀스멀 올라오는 권태 달
래려 바람과 구름 더불어 헤살도 지어보고 더러는
모르면서도 아는 척 자리를 지킬 뿐
알고 보면 별거 아니다 인생도 가끔은 식상하니 떠
나는 사람 잡아도 보고 문득문득 스쳐가는 상처 달
래려 바람과 구름 더불어 휘파람도 불어보며 더러는
아파도 아닌 척 그저 그렇게 살아 갈 뿐
알고 보면 별거 아니다 그네들도 까짓거 죽기밖에
더하랴 부딪쳐 보고 슬금슬금 밀려오는 불안감 달래
려 생겼다 사라지고 사라졌다 생기는 바람과 구름
더불어 맨몸으로 부딪치는 하늘 더러는 두려움도 익
숙한 척 애오라지 해야 할 일만 하고 또 할 뿐
알고 보면 별거 아니다 알고 보면 별거 아니다

참회록

그릇이 너무 작았구나 여름 내내 온갖 정성을 기울였건만 수련은 끝내 꽃을 피우지 않았으니 아니 피우지 못했으니

그릇은 클수록 좋다고 꽃을 보려면 큰 그릇에 담으라고 듣고 또 들었지만 이왕이면 아파트 좁은 베란다 잘 보이는 창가에 맞추려 혹시 몰라라 부린 욕심 역시나 그릇이 너무 작았구나

미안하고 미안하다 넓은 세상 다 보지 못하고 내 틀에 맞추려고 아는 만큼 가진 만큼만 채우려는 까닭에 노심초사 온갖 정성 기울였다만 그릇이 너무 작았구나

미안하고 미안하다

효심을 구축하는 마음과 시

채수영(문학비평가.문박)

1. 문을 열면

문을 열면 시인이 보인다. 다시 말해서 한 권의 시집에는 시인의 모든 것들이 속삭이듯 혹은 노도(怒濤)의 의식을 몰아 그림으로 그리는 경치가 아름다움으로 가득할 수도 있고 또 평범한 풍경을 대면할 수도 있다. 다만 그 시인의 크기가 가늠자로 나타나고 오늘의 표정과 미래를 바라보는 예측이 들어있어 심리적인 정리가 완성된다. 때문에 시인은 온갖 노력을 경주하여 자기 시의 성(城)을 구축하는 일이 일생의 작업일 수도 있고, 지나는 간이역의 처지로도 보일 수 있다.

문제는 시인의 성품이 어떤 물감으로 조합하여 나

137

타나는가는 전적으로 시인 자신의 몫으로 일구는 작
업이다. 단조로운 사람이 있을 수도 있고 또 다기(多
岐)한 모양으로 변형의 묘미를 살리는 일도 분기한
다. 그만큼 자화상에 임하는 일은 시인의 삶의 모두
를 보여주는 언어라는 점에서 한 편의 시나 한 권의
시집에는 정서의 숲을 이룩한다.

이인환의 경우는 어떤가를 헤아리는 것은 독자의
몫이다. 결국 독자는 시를 읽음으로 느낌이 다가들
고 그 느낌은 평론가가 굳이 해설의 친절을 보이지
않을지라도 정확한 설명으로 대신하기 때문이다.

이제 본고에서의 역할을 안내자의 임무에 한하는
이유도 여기에 있음을 적는다. 이인환의 두 번째 삶
의 정리에 문을 연다.

2. 가야할 길에서 만나는 소리들

1) 아버지 그리고

흔히 아버지는 하늘에 비유한다. 더불어 기둥이면
서 보호막을 치는 존재-그렇게 일생을 가족을 위해
살고 오로지 가족만을 위한 역할이 주어질 때, 아버지

의 길은 때로 고독과 아픔조차 내색할 수 없는 긴 형극의 길이 가로놓인다. 불평도 있을 수 없고, 영광의 깃발도 아닌 오로지 형극(荊棘)의 길이 있어, 때로는 보람으로 기록될 때 이는 자식이나 가족 구성원의 안존과 행복을 위한 헌신의 명목이 있을 뿐이다.

하기사 어머니는 아버지를 조력하는 역할이 전래의 임무였지만 두 분의 역할은 분담된 것이 아니라 하나의 목표를 지향하는 점에서 부모라는 이름으로 자식에겐 의미가 남게 된다.

달리 생각하면 우주의 이치를 분담하는 것 - 하늘이나 땅 혹은 태양과 달 또는 음양의 원리로 치거나 두 분의 역할은 존재라는 그릇을 위한 일정한 임무에서의 이름일 뿐이지 근본에서는 건곤(乾坤)이 하나이자 둘이면서 목표 지향점은 같다고 유추된다.

말이 없어도
하늘이
든든한 이유를 알겠다

산이 바위가
나무가

굳건히
뿌리 내린

힘을 알겠다

결코 변함없다는
믿음이 충만한
생의 근원

꽃씨 단단히
영그는
계절의 마음도 알겠다
 - '가족' 전문

 가족은 사회를 이루는 최소단위이자 사회를 이룩
하는 원천으로 작동된다. 때문에 가화만사성(家和萬
事成) 등의 말에는 가정이 최상의 가치로 의미를 가
질 때, 이를 뒷받침하는 기둥이 바로 아버지로 인식
된다. 왜냐하면 가장(家長)이라는 말은 보호자의 기
능을 넘어 집단을 이끌어가는 수장 혹은 지도자의
역할과 같은 이미지로 이해되기 때문이다. 물론 동
양문화의 중심이라는 점에서 전통적인 상징이 담겨
있다.
 이인환은 이런 정서가 많은 함량으로 그의 시를 장
악하고 있다. 대부분의 시에는 아버지와 어머니 그
리고 육친에 대한 심심(深深)한 사고의 모두가 '생
의 근원' 혹은 '꽃씨'의 핵(核)이라는 이미지와 같다는 뜻이다. 이런 사고(思考)에서 이인환의 시는 출발한다. 물론 첫 번째 시집에 이은 두 번째 시집도 이런 기조를 유지하는 완고(頑固)함이 얼마나 깊은 정서인가를 뜻하는 바도 된다.

1.
봄이 오는 소식을
아버지는 등으로
짊어지셨다

지게 가득 외양간
쇠똥 거름 뒷간 인분
논으로 밭으로

땅 속 깊숙한 곳에서
언 땅 뚫고 기지개 켜는
봄의 생기를

뜨거운 입김 날리며
아버지는 거뜬히
등으로 짊어 지셨다

2.
아버지의 봄에는
삼남이녀의 봉오리가
망울져 있었다

아지랑이 햇살 버들강아지
봄 노래 한 줄 제대로
부를 줄 모르던

아버지의 지게 위로
기승을 부리던
꽃샘추위

두 딸의 아버지 아들의
어깨 위로 시나브로
내려 앉는다
　– '아버지의 봄' 전문

　이인환의 시를 읽으면 온통 부모에 대한 효심으로
가득하다. 물론 효도의 본질은 동양 사상에서 발원
한다. 서양의 개인문화는 집단의 동양문화와는 다른
각도에서 출발하였기 때문이다. 반포지효(反哺之孝)
또한 동양 사상의 근저를 말하는 상징이다. 이는 효
도를 해야 하는 설명이 나를 키워주신 은혜를 갚기
위한 보답의 행위는 당연한 일이기 때문이다.
　투르게네프의 〈부자〉는 이름과는 달리 낡은 귀족
문화와 농노해방이후의 신진문화와의 대립– 극심한
대립의 인텔리겐자의 모습을 그렸지 가족의 문제에
국한된 표현은 아니다. 〈야간비행〉의 A.생텍쥐페리
의 "우리 부모들은 우리들의 어린 시절을 꾸며주셨

으니 우리는 그들의 말년을 아름답게 꾸며드려야 한다"는 주장은 얼마나 드라이한가? 반면에 불교의 〈부모은중경〉이나 "부친이 생존할 때는 그 뜻을 살피고 부친이 세상을 떠나면 그 행적을 살펴 부친이 해오던 방법을 삼 년 동안 고치지 않는다면 효자라 할 수있다"는 〈논어〉나 〈효경〉 혹은 "효자의 지고(至高)는 어버이를 존경하는 것 이상으로 큰 것은 없다"〈맹자〉나 〈장자〉 등 동양 사상의 근저는 모조리 효도를 언급하지 않는 사람이나 저서는 없다.

그만큼 지고(至高)의 가치로 효도를 중심의미로 삼았다는 사실은 서양과는 다른 이유가 집단의 혈연문화에 근본을 찾을 수 있을 것이고 이같은 바탕이 이인환의 시에 들어있는 정신이다. 물론 시대의 가치는 자꾸 변한다 해도 다소의 변화를 수용하는 것은 옳은 선택일지 모른다. 효도 또한 취사선택의 경우가 시대의 변화와 맞물리기 때문이다.

평생을 이천에서 살았지만 정작 삶의 멍에를 짊어지고 사느라 지척의 거리 도드람산조차 올라보지 못한 아버지의 삶이 얼마나 팍팍하고 힘겨운 일상이었다는 사실을 규지(窺知)하는 이인환의 애통은 섧다.

집을 나설 때면 아버지를 신는다

종아리 뻑뻑한 아스팔트 길도
돌부리 채이는 오솔길
자갈길 가시밭길도

발걸음 곱게 지켜주는
아버지가 있기에
두렵지 않다
　 – '신발' 중에서

　아버지의 대를 이은 자식은 다시 아버지의 뜻을 이어 행동거지를 완성한다. 물론 편안을 물려준 아버지도 있을 것이고 또는 악착(齷齪)한 삶의 가파름을 물려준 아버지도 모두 귀한 아버지의 뜻을 첨가하면 아버지의 사랑에서는 어느 분이나 변함이 없는 사랑에의 애정– 부자지간의 정의 깊이일 것이다. 아버지의 신발은 상징이다. 다시 말해서 아버지의 신발을 신고의 이미지는 아버지의 뜻을 이어야한다는 것– 바로 '아버지를 신는다'에 발 치수와 일치하는 부자의 합일은 이루어지기 때문이다.
　〈따스함에 대한 명상〉이나 〈좋은 엄마〉 또한 아버지와 같은 기둥의식이지만 역시 어머니의 역할에서와는 다르다.

웃었다 하늘도
햇살도

아니 아니
세상에
제일로 소중한

엄마가 우리
엄마가
 – '좋은 엄마' 전문

 '제일로 소중한' 어머니의 경우는 강렬한 자식에
의 정에 대한 깊이를 뜻한다. 그러나 자식은 언젠가
부모를 떠나야 한다. 이런 이치는 자연의 섭리이고
또 당연한 수순이기 때문이다. 마치 길항(拮抗)의 의
미처럼 성장에서는 부모 곁을 떠나 자립의 경우가
더 큰 효심의 뜻이 된다면 끈적끈적한 애정에 포로
가 된 이미지는 식상의 이유가 될 수도 있다. 그러나
이인환은 절제와 지혜를 동원하여 일정한 거리를 둘
때, 성장의 키와 부모의 효도에 대한 상징이 어울릴
때, 지나치게 밀착된 느낌을 준다. 예를 들면 어릴
때의 효도와 청년이 될 때– 결혼하여 어른으로서의
효도는 각론에서는 다르기 때문이다. 다만 이인환은
현실을 넘어 과거의 향수(鄕愁)에 너무 매달리는 인

상은 틀림없는 것 같다.

이제 부모의 정을 향수로 달래다 보면 스스로가 부모가 된 상황에 애달픔이 발동된다. 이는 두 딸에 대한 지극함이 나타난다는 점이다.

> 얼어버린 주머니 속에선 호기심도 어쩔 수 없구나 미안하고 미안하다 딸들아 아시아 최대 프리미엄 아울렛 오픈기념 최고 60프로 세일도 꽁꽁 지갑을 열지 못하는 아빠의 눈치만 보며 들었다 놨다 겨우겨우 최소치 욕심의 간을 맞추고 그래도 좋아라 좋아라 함박 웃는 딸들아
> 졸업해서 돈 벌면 패딩 사준다며 오히려 아빠의 외투를 걱정하는 딸들아 눈발쯤이야 살을 에는 추위쯤이야 아빠는 아빠는 끄덕없단다
> 언제나 웃어주는 너희가 있기에
> – '아울렛에서' 전문

두 딸에 대한 미안함 — 아마 이인환의 선친도 그랬듯이 — 자기도 두 딸을 위해 필요한 물건을 선뜻 사주 지 못하는 애절함이 아픔으로 다가든 고백이다. 그러나 두 딸이 패딩 점퍼를 사주겠다는 예약에는 단란한 풍경이 밝고 환하다.

꿈은 절망에서 나오는 싹이다. 희망의 이름은 아픔

과 고통 그리고 절망의 늪에서 건져 올리는 기쁨이
기 때문에 미래를 향하는 마음을 갖는 것이 인간의
의무일 뿐이다.

> 열심히 하는데 잘 하려고 하는데 그만 두랄까 봐
> 힘들어 하면 당장 그만 두랄까 봐 눈치 보며 울
> 지도 못하고 먹먹한 가슴 달래는 아이야 울어라
> 맘껏 울어라 슬럼프 슬럼프인 거야 전부를 걸어
> 본 적 없기에 한 번도 슬럼프 겪어 본 적 없는 아
> 빠는 말로 즐겨라 즐겨라 토닥토닥 할 수밖에 없
> 는 짧은 지식이 너무 아프다
> 울어라 맘껏 울어라 아이야 지금은 지금은 슬럼
> 프인 거야
>   – '슬럼프, 슬럼프인 거야' 에서

  축구를 하는 딸에 대한 지극한 염려가 녹아 있다.
축구나 인생살이나 치열한 주전경쟁이고 때로는 살
아야 하는 게임일 뿐이다. 그러나 끝 모를 싸움에서
슬럼프가 당연한 일이고 이를 극복하여 다시 새로
운 기운을 차리는 일은 스스로가 짊어져야 하는 몫일
때, 도움을 주지 못하는 아버지의 시선에는 눈물이 그
렁일 수밖에 없다. '일어나라' 를 재촉하는 일이 모두
일 때 심사(深思)에 고인 물기가 슬픔으로 치환된다.

아버지는 언제나 현실을 짊어지고 내일을 바라보는 안목을 가져야 하는 데서 의미가 따를 뿐 권리는 약하다. 그러나 이는 숙명이고 지녀야할 명제이기 때문에 어떤 일이 있어도 비바람과 폭풍을 뚫고 미지의 땅을 향해 지혜의 불을 밝혀야 한다면 이인환의 어깨에는 딸 둘이 가슴을 누르는 인상이다. 이 같은 자각증상 때문에 돌아가신 선친에 대한 동상이몽의 아픔이 온새미로 오늘 앞에 다가들 뿐이다.

2) 봄을 기다리는 마음에는

원형이론에 의하면 봄은 로맨스의 이미지가 다가들고 이에 따르는 꽃들이 봄날을 환하게 장면을 꾸민다. 물론 인생의 비유로 치면 가장 화려한 날들의 기대감이 향기로 따라오겠지만 시인에게 현실은 언제나 기다림의 이미지로 떠오른다.

누구에게나 고독의 진원이 있다. 이인환에게는 그 나름의 고독이 강물로 흐르는 인상을 감지한다. 인생사에 자기만의 아픔, 자기만의 후회, 그리고 이런 아픔들이 자연현상과 결부될 때 시심의 물살은 그쪽으로 길을 만들게 된다. 인연의 줄기일 수도 있고, 단절의 이유일 수도 있을 것이다. 다만 시는 상징을 비유로 포장할 때 독자는 그 이유를 알기 위해 비유의 의상을 벗기는 임무가 주어질 뿐이다. 시와 독자의 관계는 항상 밀월과 대적의 상관이 교차하면서 시가 탄생되고 또 생명의 길을 가기 때문에 독자의 임무는 열쇠의 해결에 관심을 가져야 한다.

　　햇살 밝은 웃음
　　아장아장

　　꽃샘바람 간혹
　　심술 부려도

　　망울망울
　　퍼져 나가는

　　봄 찾는 마음
　　좋아라 좋아라

　　아지랑이
　　아롱아롱
　　 – '봄 찾는 마음' 전문

　봄을 찾는다는 이미지는 제3자의 위치에서 대상을 탐색하고 찾으려는 목적이 발동되는 느낌이다. 그러나 봄은 다가오는 것이지만 찾는다 해서 찾아지는 것이 아니다. 이는 우주의 순리법칙에 대한 우회적인 표현일 것 같다. 그러나 이는 시인의 심리적인 배경이고 이 배경 위에 정작 찾아야하는 대상은 숨겨져 있는 인상이다. 왜냐하면 추억이거나 그 이름에 값하는 이미지가 원경(遠景)에서 어른거리기 때문이다. '봄찾는 마음/ 좋아라 좋아라'의 흥겨움은 안으로 부터 나오는 자발성의 내적 소리로 들린다. 그러나 문제는 아픔을 일으키는 '꽃샘바람'의 훼방이 평안하고 느긋함을 방해하는 알라존(alazon)의 기능을 다하기 때문이다. 물론 이 알라존을 극복하는 것은 시인 정서의 깊은 곳에 있기 때문에 접근할 수없는 '아지랑이/ 아롱아롱'이 대답으로 나타난다.

좋아라 좋아라
견줄 게 없으니

고고만한 자세로
낮고 낮게

올망졸망
똘똘망

고와라 고와라
척할 게 없으니

곱고운 얼굴로
흔하디 흔하게

벙긋벙긋
배시시
　– '작은 들꽃들의 소식' 전문

　기다림은 인간이 갖는 미래에 대한 소리의 기대감
이다. 다시 말해서 무언가 올 것이라는 막연함이 신
념으로 바뀌고 이 신념은 확신을 불러오면서 오늘의
처지를 벗어나려는 발심(發心)을 갖기 때문이다.
　이인환은 무언가, 어디서 소식이 오기를 기다리
는 점에서 능동적인 자세는 아니다. 아울러 적극적
인 돌파의 능력을 펴 보일 에너지가 다소 미흡한 것
도 느껴진다. '좋아라/좋아라'의 흥이 있지만 더불
어 이 흥을 높일 공간적인 확대가 보이지 않고, 다만
보여주는 '벙긋 벙긋/ 배시시'의 소극적인 상황만
보인다. 솔직한 마음을 갖고 살아야 한다는 주장이
'척할 게 없으니' 있음 그대로 자화상을 그리는 모
습이 외롭게 다가든다. 왜일까? 그 대답은 시를 읽
는 사람의 몫일 때, 독자는 의미를 찾는 노력을 가져
야만 소통의 미학이 도출될 것이기 때문이다.

3)고독의 터널 지나기

　인간은 본질적으로 고독한 존재이다. 이 명제가 옳은 것이라면 필연의 관계망이 형성되면서 자아로 돌아가려는 의도가 내장된다. 때문에 고독은 거추장스런 의상이 아니라 자기화의 길을 찾아가는 통증쯤으로 여겨도 좋을 것이다. 왜냐하면 고독은 넘어야 할 문제 앞에 고민의 양상일 수도 있고, 이 과정을 지나면서 비로소 자아발견의 모티브나 방법론을 깨닫게 되기 때문이다. 가령 고독의 맛을 모르는 사람은 존재의 아픔이 없고 아픔을 모르는 사람은 성숙도에서 미숙아가 될 가능성이 많을 것이다. 고독은 일종의 가을의식이 될 것이다.

　　꽃무늬 벽지였으면 좋겠다
　　나비도 함께였으면 좋겠다

　　새벽잠 오롯이 앗아 간
　　적막
　　달랠 수 없어

　　새벽도 가을을 타나 보다
　　창밖 가로등 하나 빗방울로 채색하다
　　- '고독' 전문

시인의 의식은 언제나 깨어있기를 바라지만 홀로 있을 때, 깨어남은 문을 두드린다. 다시 말해서 왁자한 즐거움의 광장에서 다가오는 걸음이 아니다. 좁은 골목 혹은 혼자만의 시간에서 비로소 자기발견의 길이 열리는 순간이고 그 순간은 세상의 모든 것들의 고요를 집어 삼키는 일에 몰두할 때가 된다. '좋겠다/좋겠다'의 소망은 언제나 과녁을 빗나가지만 결국은 정곡으로 의식을 집중할 때, 새로운 의미가 불을 켜게 된다. '적막 달랠 수 없어'의 변명은 '가을을 타나 보다'로 접어질 때, 이 절망을 타개하는 길이 열리는 의미가 '가로등'의 불빛으로 의식의 밝음을 지향하는 마무리가 성숙된다. 만약 아픔이나 고독의 길이 차단된다면 시는 미미하고 건조한 언어의 나열에 불과할 것이다. 다시 말해서 옹이와 상처의 아픔 속에서 아름다움을 피우는 꽃들의 의미라는 뜻이다.

아무렇지 않다고
말하지 말라
사람아

흔들리는
나도
이렇게 아프다
　– '떠나가는 사람아'에서

153

이인환은 가슴에 내상을 간직하고 이를 꽁꽁 싸매고 살아가는 느낌이다. 슬픔과 시련의 길이 끝없이 이어지는 것 같고 고단한 삶의 고비는 쉽게 길을 열어주지 않는 것 같은 시절의 중심에서 존재의 폭을 넓히기 위해 심혈을 경주한다. 오는 사람의 즐거움보다는 떠나가는 사람에 아픔의 기억이 매달려 있다. 그러나 시간은 모든 의미를 뭉개버리고 지나간다는 명제 앞에 그나마 살아가는 의미가 덧씌워진다. 이런 아픔을 안으로 다독일 때, 누구와 더불어 의논의 보따리를 풀어 놓을 수 있을 것인가?

이 대답은 내면성의 성품 때문에 스스로 삭이고 삭이면서 참는 일상이 포개진다. 고독의 그늘은 여기서 길고 아득하지만 희망은 그의 가슴에서 작은 빛으로 만들면서 나아가는 모습이 담겨진다. 이는 안도감이자 희망의 요소가 될 것이다.

4) 심성의 그릇

시는 시인의 표정이다. 넓고 광활하기보다 적당한 그릇에 담겨지는 이인환의 시는 바로 그의 성품을 담고 있는 적절한 표정이 도처에 보인다. 선(善)함이 물들었고 악착한 도전이기보다는 오히려 운명적인 뜻을 따르는 자세가 이시인의 성품이다. 물론 위장하고 다시 감추고의 낯설게 하기라는 의도가 숨겨있다 하더라도 결국은 비유의 껍질을 벗고 선명하게 의미를 전달하는 것이 시의 특성에 속할 때 시인의 마음은 항상 조심스럽고 ─ 때로는 소심함으로 비치면서 앞을 바라보는 두 눈에는 때로 이슬이 맺히기도 한다. 이는 짧고 간략한 시어 속에서 튀어나오는 것을 쉽게 감지할 수 있기 때문이다.

그럴 수도 있지
그래 그래

팽개치기도 하고
짓밟을 수도 있지

때로는 버거운 열정
살피지 못하면

향기가 대수랴
마음이 닫혔는데

그래 그래
그럴 수도 있지
 ─ '장미를 밟은 이에게' 전문

아마도 장미는 지고(至高)의 의미라면 이를 무시하는 뜻에 도전적인 마음이 내면으로 보인다. 그러나 이내 체념의 불이 켜지고 긍정할 때, 어울리는 것보다 홀로를 선택하는 의미가 '그래 그래/ 그럴 수도 있지'로 문을 닫는다. 다시 말해서 피 흘리는 혈투의 싸움이기보다는 뒤로 물러나 체념으로 정리하려는 것 때문에 쟁취의 의미는 없다. 싸울 만한 가치로의 작업이기보다는 관조하고 바라보는 데서 정리되는 심사가 역력하다는 뜻이다.

갈등해소의 방법에는 여러 조건이 있을 것이다, 이는 문제를 파악하고 그 문제의 본질에 정확할 때, 행동의 길이 보일 것이지만 바라보는 시선만으로는 그 자리에 서성이는 모습이 남게 된다. 그러나 시는 문제 앞에 해결까지 말하는 작업은 아니다. 여기서 시의 애매성은 때로 훌륭한 변명의 길이 만들어질 수도 있다.

터트리는 게 대수랴
남아 있는
날들이 문제지

휩쓸고 간 자리에
산새 소리
멍들어 있고

햇살조차 눈물 짓는
높파란 하늘에
바람마저 아려오면

채이는 돌부리에
머무는 숨결도
조심조심
　- '화' 전문

'터뜨리는 게 대수랴'는 일반적인 문제의 제기를
넘어 이인환만의 아픔을 삭이는 방법을 말하는 절차
다. 결국 '조심조심'에 표정이 명료함을 보이는 근
거는 '남아 있는 것'에 무게를 두는 심성이다. 물론
이 해답 앞에 '햇살조차 눈물짓는'과 '바람마저 아
려오면' '눈물짓는'과 '아려오면'의 절망을 넘어가
는 길이 조심조심으로 나타나면 곧 시인의 정서적인
도피처로서의 안정감을 맞이하게 된다. 항상 현실에
는 위험의 요소가 담겨 있다고 믿기 때문일 것이다.

　이인환은 크고 우람한 것이기보다는 작고 따스하
고 햇살 바른 양지에 피는 작은 풀꽃과 같은 이미지
로 바람을 부르고 기다리는 모습이 정확한 묘사가
될 것 같다. 〈성에 낀 아침〉이나 〈통증〉을 읽으면 그
의 삶이 언덕을 넘어가기 위한 신음이 들리지만 칙
칙하거나 질축한 것이 아니고 희망을 향해 노래를

부르고 싶은 작은 언어들의 진행이 보이는 것 같다는 의미이다.

한 편의 시로 대신하면 이해가 쉽게 문을 열게 된다.

뚜벅뚜벅
뚜뚜벅

가끔 가끔은
최선인가
과연 최선인가

끄덕끄덕
끄끄덕
　－ '나다움' 전문

자화상을 그리는 작품이다. '뚜벅뚜벅'의 연속과 '끄덕끄덕'의 반복이 곧 이인환의 모두를 말하고 보여주는 작품이라는 점에서 가장 호소력을 갖고 있다. 글은 자기만큼 표현하고 자기만큼의 용기(容器)를 소유한다는 말을 대입하면 이를 알고 있는 시인의 참회록이 안타깝다. 물론 비유의 문제를 정확하게 시인에 대입하는 것은 무리일 수도 있지만…. 그릇이 너무 작았구나 여름 내내 온갖 정성을 기울였건만 수련은 끝내 꽃을 피우지 않았으니 아니 피우

지 못했으니

> 그릇은 클수록 좋다고 꽃을 보려면 큰 그릇에 담
> 으라고 듣고 또 들었지만 이왕이면 아파트 좁은
> 베란다 잘 보이는 창가에 맞추려 혹시 몰라라 부
> 린 욕심 역시나 그릇이 너무 작았구나
> ─ '참회록' 에서

자기를 아는 사람은 성인이다. '너 자신을 알라'는
말은 누구나 아는 말이지만 이를 알고 실천하는 일
은 지난(至難)한 일이기 때문이다. 그러나 참회록의
발성에는 떨리는 목청이 조심스러운 길을 찾아 나설
때, 가능하다면 이인환의 용기는 스스로를 알고 대
처하는 데서 그의 시는 가능의 문을 열고 있다. 시는
곧 시인이라는 모두(冒頭)에 주장이 사실임을 증명
하는 일이기 때문이다. 이는 시인의 성품에서 나오
는 에너지이자 삶의 언덕을 답파(踏破)하는 나그네
— 그런 유추가 다가든다. 회한(悔恨)의 길이 있지만
'어디 대수로우랴' 뚜벅이가 될 때, 모든 것은 지나
가고 다시 다가오는 세상에 한소끔의 웃음을 준비하
는 시의 길을 위해 혼신을 다 바쳐야 한다면 그런 작
심을 용기로의 깃발을 손에 쥐고 있는 모습이 될 것
이다.

3. 아름다움의 깃발은 어떻게 날리는가?

- 에필로그 -

시가 아름다운 것은 거짓이 들어 갈 틈새가 없기 때문이다. 가령 산문에는 꾸미고 또 장식하면서 먼 거리를 우회하는 멀미를 갖지만, 시는 비유의 껍질을 벗기면 단박에 중심에 도달하는 맛깔이 있다. 또 시인은 이런 작업을 위해 신명(神明)을 걸고 자기의 모든 의식을 바친다. 이인환의 시는 밝은 정서의 지향이 따사함으로 길을 만들면서 시적 작업을 진행하는 모습이 있다.

가족이 그의 정신 가치의 중심이고 이로부터 사회 생활의 출발에의 단초를 마련하는 점에서 선량한 시인의 모습이 다가든다. 아울러 계절에 따른 감각이 봄날에는 화려함을 꿈꾸고 가을에는 조락(凋落)에 기우는 쓸쓸함이 비감을 자아내는 것도 정서의 다양성을 모색하는 길에 선 나그네 — 여전히 변화를 꿈꾸는 길이 앞으로 전개될 여지를 갖고 있는 시인 — 이인환은 그렇다.

소통과 힐링의
시창작 교실

시로 소통하는 즐거움

1. 시와 소통, 그리고 힐링

공자께서 말씀하셨다. "제자들아, 어찌하여 시를
배우지 않느냐? 시는 감흥을 일으키고, 세상 보
는 눈을 길러 주며, 여럿이 어울리게 하며, 나의
슬픔을 나타낼 수 있게 하며, 가까이는 어버이를
섬길 수 있게 하며, 멀리는 임금을 섬길 수 있게
하며, 새와 짐승, 풀과 나무의 이름을 많이 알게
한다."(子曰, 小子 何莫學夫詩. 詩 可以興 可以
觀 可以群 可以怨 邇之事父 遠之事君 多識於鳥
獸草木之名)

시창작교실을 하면서 항상 공자님의 말씀이 큰 울림
으로 다가왔다. 한 편의 시가 세상 보는 눈을 길러주
고, 여럿이 어울리게 한다는 말을 수시로 실감하면서
시공부의 중요성을 더욱 절실히 느낄 수 있었다.
　첫시집 〈아버지 어머니 그리움 사랑〉을 발간하고

시창작교실을 통해 많은 이들과 소통하는 자리를 많이 가졌다. 갑작스런 교통사고로 임종도 지켜보지 못한 아버지와 두 딸을 남기고 먼 길 떠난 아내에 대한 그리움, 그리고 그런 아들을 지켜보는 어머니를 향한 애틋한 마음을 담았는데, 시집을 보고 많은 이들이 가슴 꼭꼭 누르고 있던 아픈 사연을 들려주면서 한 편의 시가 소통과 힐링에 얼마나 큰 영향을 끼치는지 실감하게 해 주었다.

2. 아, 어머니!

제일 먼저 시집을 접한 어머니가 더욱 가깝게 다가와 주셨다. 불효 중에 가장 큰 불효가 부모보다 먼저 떠나는 자식이라는데, 며느리를 먼저 보낸 어머니의 마음은 어떠했을까?

살아 있는
동안은
어떻게든
살기 마련이라고

팔순을

넘긴 어머니가
불혹을 넘긴
자식을 위로합니다.
  – 졸시 '불효' 전문

"그려, 알았으면 열심히 살아야 혀."
　지금도 시를 통해 아들의 속내를 보고 조심스럽게 다가와 손을 잡으며 따스한 눈길을 주셨던 어머니를 잊을 수 없다. 이렇게라도 어머니께 위안을 드리고자 했던 마음이 통한 것일까?

3. 시계에 새겨진 그대 얼굴

　어느덧 세상을 떠난 지 3년이 되어가지만 시를 통해 아들의 마음을 알고 항상 따스한 눈길을 보내주시던 어머니의 미소가 눈앞에 아른거린다.

　살 수 없을 것만 같았다
　그대 없이는

　그런데 그런데
　살아 지더라

밤 깊으니 동이 트고
꽃 지니 열매 맺고

그리움도 기다림도
만남도 헤어짐도

습관이 되고
일상이 되어

그런 대로
저런 대로
살아 지더라
 – 졸시 '시계' 전문

'시계'를 통해서도 많은 이들과 동병상련의 아픔을 나눌 수 있었다. 아픔은 혼자 품고 있으면 병이 되지만 서로 표현하며 공감을 하다 보면 그 자체로 소통이 되고 힐링이 되어 삶의 활력을 얻을 수 있다는 것도 실감할 수 있었다.

금방 왔다
떠나가는
그리움입니다

오지 않는 엄마
함께 했던

마지막 추억

째깍째깍
엄마 이야기 들려주며

항상 마음 속에
머무는 시계는
내 안의
진한 그리움입니다
　– 중2학생의 '시계' 전문

　한 학생이 아버지가 사업에 실패하자 집을 나가 몇
해째 소식이 없는 엄마를 기다리는 마음을 '시계'를
통해 속내를 드러냈을 때를 잊을 수 없다. 우리는 그
렇게 서로에게 의지가 되고 힘이 되었다.
　아무리 큰 아픔도 이렇게 표현하며 서로 나누다 보
면 별거 아닌 것처럼 받아들일 수 있다는 것을 알게
되면서 삶의 큰 힘을 얻어가고 있었다.

4. 아버지 잠바에 얽힌 사연

차마 태우지 못하고
십 년을 모셨다

시장통에서
사 드린 그해
겨울

좋아라
함박 머금던
칠순의 아들 자랑

와르르
순식간에
무너진 하늘

꺼이꺼이
보낼 수 없어

이것만은
이것만이라도

차마 태우지 못하고
십 년을 모셨다
　－ 졸시 '아버지의 잠바' 전문

　임종도 지키지 못한 아버지에 대한 회한을 그린
'아버지의 잠바'도 마찬가지다.
　고3시절 어머니가 돌아가셨을 때 뭔가 남기고 싶
어 강물에 뿌리던 유골가루를 남몰래 잠바 주머니에
한 웅큼 넣어왔는데, 집에 와서 너무 피곤해 잠이 들

었을 때 할머니가 그 잠바를 세탁기에 넣고 돌려버린 것을 알고 한없이 울었다는 아픔을 표현하며 소통의 자리를 넓혀준 수강생도 있었다.

또한 지금도 아버지를 못잊어 먼 길 떠난 아버지의 잠바를 벽에 걸어 놓고 거의 매일 바라본다는 남편의 애틋한 마음을 이제야 이해하겠다며 공감을 표현하는 분도 있었다.

남편 세상 떠난 뒤
서랍 속에 외로이
잠자고 있는

차마 불 속에 던지기 어려워
23년 지난 지금까지
내 가슴 속에
잠 들어 있는 숨결

저 세상 남편 곁에 가면
알아나 주려나
그리운 당신
  – 73세 어르신의 '하얀 티셔츠' 전문

질곡의 역사를 살아오시느라 한글을 배우지 못했다가 느지막이 배우는 한글교실에서 한 어르신이 '아버지의 잠바'를 보고 표현한 속내다.

우리는 이렇게 한 편의 시로 서로의 아픔을 나누며 세상을 좀 더 넓게 보는 여유를 갖기 시작했다. 시로 표현하고 소통하며 가슴 속 깊숙이 품었던 아픔을 힐링하고 있었다.

5. 아빠와 딸의 소통법

지금은 무엇보다 소중한 두 아이가 아빠의 마음을 헤아려 주며 함께 하고 있다는 것을 마음으로 느낄 수 있다. 빠듯한 용돈을 모아 아빠를 챙겨주는 마음 씀씀이가 때로는 애틋하지만 퍽퍽한 세상을 살아가는데 든든한 버팀목이 되어 주고 있다.

성큼성큼 매장으로
이끌더니
용돈 통장 선뜻

아른아른
미소로 풀어 놓던
열일곱 살
큰딸아이

함부로 걷지 못하리라

길 아닌 길
내딛지 못하리라

나설 때마다
새겨보는
내 마음의
거울
  – 졸시 '구두를 신으며' 전문

 강의를 하고 들어오면 발이 통통 붓는 모습을 보고
"아빠, 구두 좀 좋은 걸로 신어?"하더니 어느 날 고2
큰딸이 용돈 모은 통장을 들고 메이커 구두 가게로
이끌었다. 하는 짓이 예뻐서 못 이기는 척 사주는 구
두를 신고 들어와 그 기분을 시로 표현했다. 그리고
문학지에 발표했다. 문학지의 특성상 많은 사람들의
작품이 실려 있기 때문에 얼마나 많은 독자가 관심
을 갖고 봤는지 모른다. 하지만 딸들만큼은 가장 관
심을 갖고 아빠의 작품을 본다는 사실이 중요하다.
어느 날 딸아이가 문학지에서 이 작품을 보고 말했
다.
 "아빠, 정말 이런 것도 시가 되네."
 "그럼, 아빠 시를 보고 좋다는 사람들도 있어."
 "그래도 이건 괜히 닭살 돋잖아?"
 "그래서 딸바보라는 말도 들어. 하지만 어때? 나는

좋은데….”

아이와 대화거리가 늘어난다는 것은 행복한 일이다. 어디 그뿐인가? 어느 날 딸아이는 자신도 시를 썼다며 괜찮은지 봐달라며 보여 주었다.

비 오고 난 후에 자국
랄랄라 하고 나가

첨벙첨벙
옷이 다 젖어도

아아~
재밌어
- ‘물 웅덩이’ 전문

“아빠, 이것도 시가 될까?”

“넌 어떻게 생각하는데?”

“시라고 생각하니까 썼지.”

“그렇지. 정말 좋은 시네. 자, 봐라. 시의 3요소로 ①주제, ②운율, ③심상이 있는데, 네 시에는 이 모든 게 다 들어 있어. 주제는 천진난만한 동심의 세계, 운율은 3.4조의 변형된 율격, 심상은 시각과 청각을 활용한 한 폭의 그림처럼 생생하게 형상화하고 있잖아. 어때? 이렇게 거창하게 전문용어로 해석하니까 뭔가 대단한 시 같지 않아?"

"뭔가 고상하게 말하니까 그런 것 같네. 히히."

우리는 이렇게 소통하고 있다.

6. 시로 표현하는 즐거움

우리 시대 많은 이들이 소통에 어려움을 겪는 것은 표현에 서툴기 때문이다. 직설화법을 사용하는 서양 화법에 익숙해지면서 상대에게 상처를 주는 표현이 난무하는 현실에 무방비로 노출되어 있기 때문에 더욱 그렇다. 특히 어려서부터 사내는 강하게 커야 한다며 감정을 억제할 것만 강요받은 이 땅의 아버지들은 표현에 많은 어려움을 겪고 있다. 대화한다고 시도는 하지만 이내 아내나 아이의 감정만 상하게 하는 표현을 악순환처럼 반복하는 경우가 많다.

소통과 힐링의 출발은 표현이다. 이제부터라도 시로 표현하는 방법을 배워 소통과 힐링의 기쁨을 맛보았으면 한다.

그래서 부끄러움을 무릅쓰고 〈아버지로 산다는 것〉을 통해 속내를 드러내 본다. 지금까지 그래왔던 것처럼 이제 또 많은 이들이 비슷한 속내를 표현하며 함께 해줄 것이라 믿기 때문이다.

"제자들아, 어찌하여 시를 배우지 않느냐?"

이 땅의 모든 이들이 공자님의 가르침 따라 시를 배우고 시를 지으며 감정을 슬기롭게 표현해가며 소통과 힐링의 기쁨을 누리는 날이 오기를 기대해 본다.

소통의 시창작 교실

TIP. 소통의 시창작 교실

1. 시를 소통의 도구로 인식하자
2. 비유와 상징을 이해하자
3. 시의 3요소 주제, 운율, 심상을 챙기자
4. 메시지를 분명히 하자
5. 나만의 스토리를 만들자
6. 일차적인 독자는 가족이라는 것을 인식하자
7. 제목의 중요성을 인식하자
8. 하나의 장면으로 이미지화 시키자

1. 시를 소통의 도구로 인식하자

"시는 포기했어요."

"시가 너무 어려워요. 포기하고 싶어요."

학생들 중에는 시 때문에 고민을 털어놓는 경우가 많다. 시와 관련된 시험 문제가 어려워서 시간을 아끼기 위해 아예 포기하고 다른 문제부터 풀고 난 다음에 그냥 찍는다는 학생도 많이 만났다.

수능에 나오는 문제는 시의 기본원리만 익히면 금방 풀 수 있다. 시를 포기했다는 학생들에게 한 달 정도만 시의 기본원리를 알려주면 이후부터는 가장 자신 있어 하는 것을 많이 경험했다.

문제는 중학교다. 교육 과정 중에 일부겠지만 중학교에서는 시의 각종 기법을 묻는 문제가 많이 나온다. 그러다 보니 중학교 시험에는 시의 외적인 요소를 암기하지 못하면 도저히 풀 수 없는 문제가 많다.

> 엄마야 누나야 강변 살자
> 뜰에는 반짝이는 금모래빛
> 뒷문 밖에는 갈잎의 노래
> 엄마야 누나야 강변 살자
>   – 김소월 '엄마야 누나야' 전문

실제로 이 짧은 시 하나를 배우는데, 아이들이 배워야 할 시의 외적인 요소는 공책 한 가득 필기해야 할 정도다.

①먼저 김소월의 본명이 '김정식'이라는 것을 외어야 하고, ②이 시가 대표적인 3음보 율격이라는 것을 외어야 하는데, ③그 전에 음보가 무엇인지 배워야 한다. ④3음보 율격은 민요조 율격이고, ⑤김소월은 주로 3음보를 활용한 시인이기 때문에 대표적인 민요시인이라고 한다는 것도 알아야 한다. ⑥'엄마야 누나야'처럼 누구를 부르는 것은 '돈호법'이고, ⑦'갈잎의 노래'는 사람 아닌 갈잎이 사람처럼 노래하는 것을 표현했으니 '의인법'이고, ⑧처음과 끝에 똑같은 '엄마야 누나야 강변 살자'라는 구절이 있으므로 '수미상관법', ⑨여기에서 말하는 '강변'은 말 그대로 강의 주변을 이야기하는 것이 아니라 '자연'을 의미하는 것이기 때문에 '대유법', ⑩2행과 3행은 비슷한 문장 구조를 이루므로 '대구법', ⑪'살자'는 청유형 문장종결, ⑫'반짝이는 금모래빛'은 시각적 심상, ⑬'갈잎의 노래'는 청각적 심상, ⑭'누나야'는 시적화자가 '소년'이라는 것을 알게 해주고, ⑮시인과 시적화자는 같을 수도 있고 다를 수도 있는데 이 시는 시인과 시적화자가 다르다고 봐야 한다. 등등….

　기초가 잘 다져진 상위권 학생은 큰 문제가 없다. 하지만 많은 학생들은 이런 시험문제를 접하면서 모르는 것이 많으니까 아예 찍어대기 일쑤고, 그러다 보니 시는 어려운 것이라는 고정관념에 빠져 포기하는 경우가 대부분이다.

"시는 너무 어려워요."

어른들도 이런 말을 하는 경우가 많다. 학창시절에 똑같은 방법으로 시를 배웠기 때문에 그때 새긴 고정관념을 끝내 떨쳐버리지 못했기 때문이다.

이런 이들에게 1995년에 개봉된 헐리우드 영화 '위험한 아이들'은 많은 생각을 하게 한다.

해병대 출신 여선생이 처음 맡은 반은 문제아만 모여 있었다. 선생님이 무슨 말을 해도 듣지 않고, 심지어 첫 시간에 선생님께 성희롱적인 발언까지 서슴지 않는 아이들. 여선생은 아이들을 정상적인 방법으로 가르칠 수 없다는 것을 알고, 먼저 해병대 무술을 가르쳐 주며 수업에 참여도를 높인다. 아이들이 말을 좀 들어 줄 것 같으면 학과 수업을 진행하려 한다. 그때마다 아이들은 또 딴청을 부린다. 선생님은 고민 끝에 그 당시 인기를 끌었던 대중가수 밥 딜런의 노래말을 접목시켜 시 공부를 시작한다. 공부라면 질색을 하던 아이들도 친숙한 노랫말에 관심을 보이며 선생님의 의도대로 따라온다. 점차 그 영역을 시로 확장해 나가고, 몇 편의 시가 아이들의 삶을 바꾸는 결정적인 역할을 한다.

"탬버린 연주자여, 연주를 해 주오/ 졸립지도 않아/ 난 갈 곳도 없네// 탬버린 연주자여 연주를 해주오/ 댕그렁 대는 아침이면/ 나 그대 따르리."

아이들은 '탬버린 연주자'가 '마약밀매자'를 상징한다는 것을 알고 시에 관심을 갖는다. 시가 자신의 생활과 밀접하다는 것을 알고, 시공부에 적극적인 관심을 보이기 시작한다.

"누군가 ①죽음이 온다 하여/ 스스로 묻히지 않으리./ 내 묻힐 땐 ②고개를 똑바로 들리라."

선생님은 아이들을 그룹으로 나눠 토마스 딜런이라는 시인의 시 중에 이와 비슷한 내용을 담은 시가 있으니 찾아오라는 과제를 제시한다. 공부에 전혀 관심이 없던 아이들이 도서관을 찾기 시작한다. 한 그룹에 학생이 다음과 같은 구절을 찾는다.

"③순순히 평온한 마음에 들지 마오/ 노년은 마지

막 순간에 노후해야 하는 것/ ④등불이 꺼지는 것에
노여워 하라."

　아이들은 ①과 ④, 그리고 ②와 ③이 비슷한 의미
를 갖고 있다는 것을 알아차리고 두 시의 공통점으
로 '어떤 상황이 닥쳤을 때 스스로 선택해서 적극적
으로 헤쳐나가야 한다'는 상징적 의미를 찾아낸다.
그리고 그렇게 살기 위해 환경을 탓하는 게 아니라
자신의 인생을 스스로 선택해 나가야 한다는 의지를
세우기 시작한다.
　영화는 닫혀 있는 아이들의 마음을 여는 소통의 도
구로 시만큼 좋은 것도 없다는 것을 알게 해준다.

　　100층 짜리 집에서
　　살고 싶어!

　　그런데 공부하는 방은
　　100층이야 해!

　　왜냐하면 100층까지 올라 가면
　　시간이 많이 걸리고
　　놀 수도 있잖아!
　　100층짜리 집이 있었으면
　　좋겠다!

현실에서도 이런 일은 흔하다. 시창작 교실에서 초등학교 2학년 딸이 그림동화책을 읽고 쓴 시를 보고 화들짝 놀랐다는 어머니를 만났다. 그나마 시공부를 통해서 아이의 속내를 알 수 있어 좋았고, 이를 계기로 아이와 새롭게 소통하며 대화의 폭을 넓혀갔다고 했다.

"시를 쓰니까 사람들이 보는 눈이 달라졌어요."
"시를 쓰면서 대화의 폭이 넓어졌어요."

소통하는 시창작 교실을 통해 가장 많이 듣는 말이다. 시를 결코 어렵게 보지 말자. 시는 가장 좋은 소통의 도구다. 조금만 신경 쓰고, 시의 기본 원리만 이해하면 세상의 더할 나위 없는 소통의 도구로 활용할 수 있다.

그러기 위해서는 무엇보다 먼저 시를 소통의 도구로 인식하는 인식의 전환이 필요하다. 그리고 시를 소통의 도구로 인식했으면 본격적으로 '소통하는 시창작 교실'의 핵심을 잡아 직접 시를 써보고, 가장 가까운 이들과 먼저 시로 소통하는 즐거움을 누려보자.

2. 비유와 상징을 익히자

1) 봄눈 = 외할머니와 어머니, 그리고 꽃축제 리허설

시는 비유와 상징의 문학이다. 시를 어려워하는 이들은 비유와 상징의 개념을 명확하게 이해하지 못하는 경우가 많다. 따라서 시를 배우려면 무엇보다 먼저 비유와 상징의 개념을 명확히 이해하는 것이 좋다.

비유와 상징은 추상적인 개념을 구체적인 사물로 표현해서 선명한 이미지로 전달하는 공통점이 있다.

비유는 원관념(원래 표현하려는 것)과 보조관념(대신 표현하는 것)이 유사성이 있고, 또한 원관념과 보조관념이 1:1의 대응관계를 맺는다.

이에 비해 상징은 원관념과 보조관념이 전혀 연관이 없다. 또한 원관념은 거의 숨어 있고 보조관념도 한 가지 뜻으로만 해석되지 않는다. 예를 들어 '나는 비둘기를 사랑한다'는 표현에서 '비둘기(보조관념)은 '평화, 온정, 이웃에 대한 사랑(원관념)' 등 여러 의미로 해석한다. 또한 평화와 비둘기는 전혀 유사성이 없지만 오랜 관습적인 상징으로 쓰이게 된 것이다. '나는 겨울이 싫어. 봄이 좋아.'라고 할 때 겨울(보조관념)은 '시련, 고통(원관념)' 등을, 봄(보조관념)은 '희망, 꿈, 광복, 새날(원관념)' 등의 의미로 쓰인 것이다.

"금방 가야 할 걸
뭐 하러 내려왔니?"

엄마는

시골에 홀로 계신
외할머니의 봄눈입니다.

눈물 글썽한 봄눈입니다.
    – 우희윤의 '봄눈' 전문

봄눈은 많은 이들을 설레게 한다. 그런데 대개 금방 녹아 사라짐으로써 그만큼 아쉬움도 많이 남겨준다. 시인은 모처럼 친정에 내려왔다 금방 올라가는 딸과 봄눈의 공통점을 찾았다. 그리고 아이의 입장에서 외할머니의 마음을 그려주고 있다.

똑같은 '봄눈'이라도 그것을 어떤 관점으로 보느냐에 따라 표현은 얼마든지 다르게 할 수 있다. 똑같은 사물을 보더라도 자신만의 독창적인 눈으로 바라보는, 그러면서 많은 사람들이 '아, 그럴 수 있구나!' 라고 받아들이게 만드는 객관성을 획득하면 그것이 바로 자신만의 독창적인 비유가 되는 것이다.

'봄눈'과 '어머니', 이 얼마나 참신한 비유인가?

좋은 모습 보여 주려
애 쓰는 것은
어쩔 수 없나 보다

꽃 축제 홍보하는
봄 기운 앞세우더니
벚꽃나무
목련나무
참나무
소나무
가지가지에

하얀 꽃송이 듬뿍듬뿍
리허설을 펼쳤네
– 졸시 '춘설' 전문

'봄눈'은 '꽃축제 리허설'이라는 비유를 들기 위해 많은 날을 고민했다. 그런 중에 봄꽃 축제를 알리는 프랭카드가 걸려 있는데 함박눈이 내려 아름답게 수 놓고 있는 공원풍경을 보저 '아!'라는 감탄사가 터져나왔다. 갑자기 꽃축제가 떠올랐고, 봄눈 덮인 풍경이 꽃축제의 리허설 같다는 생각이 떠올랐다. 그래서 '봄눈은 꽃 축제를 펼치기 위한 자연의 리허설'이라 표현했다.

2) 비유와 상징을 알아야 시가 보인다

죽는 날까지 **하늘**을 우러러
한 점 부끄럼 없기를
잎새에 이는 바람에도
나는 괴로워했다
별을 노래하는 마음으로
모든 죽어 가는 것을 사랑해야지.
그리고 나한테 주어진 길을
걸어 가야겠다.

오늘 밤에도 별이 바람에 스치운다
 – 윤동주의 '서시' 전문

시에서 비유와 상징적인 시어의 의미를 아는 것은 매우 중요하다. 윤동주의 짧은 시 속에 담겨 있는 시어들이 상징하는 것을 구체적으로 살펴보면 다음과 같다.

하늘 : 절대자, 구원, 희망 등
잎새 : 흔한 것, 일반 국민 등
바람 : 고난 , 허무, 방황 등
 별 : 이상, 꿈, 희망 등
 길 : 운명, 인생 등
 밤 : 절망, 암담한 현실 등

상징적인 의미를 이해하면 윤동주의 '서시'를 제대로 해석할 수 있다.

죽은 날까지 자신이 모시는 절대자(하늘)를 우러러, 한 점 부끄럼 없이 살겠다며 식민지 조국에서 고통(바람) 받는 사람들(잎새)을 외면할 수 없어서 괴로워한다. 하지만 조국광복의 희망(별)을 잃지 않고 모든 것을 사랑하며, 묵묵히 자신에게 주어진 인생(길)을 살아가야겠다고 다짐한다. 하지만 일제강점기 고통받는 현실은 암담하고(밤), 현재(오늘)도 광복의 꿈(별)은 혹독한 시련과 고통(바람)이 이어지고 있다.

시인이 정말 이런 의도로 시를 썼냐고? 물론 시인은 전혀 다른 의도로 썼을지 모른다. 그러나 시를 평가하는 사람들은 시어의 상징적 의미를 중심으로 거의 다 이렇게 해석하고 있다.

글은 독자와 원활한 소통을 이뤄야 한다. 따라서 가장 좋은 시는 시인의 의도와 독자의 해석이 맞아 떨어지는 것이다. 시를 쓰는 사람이라면 먼저 독자가 자신의 시를 어떻게 해석하고 받아들이는지 알아야 하고, 가급적 객관적 공감대를 형성하기 위해 그들이 해석하는 대로 시어의 상징성을 배워서 익혀야 한다.

3) 시어의 네 가지 쓰임에 주의하자

비유와 상징은 ①긍정적인 시어, ②부정적인 시어, ③화자의 정서를 변하는 시어, ④화자의 정서와 반대되는 시어 등 크게 네 가지 의미로 분류해서 해석하면 쉽게 익힐 수 있다.

나는 무엇인지 그리워서
이 많은 **①별빛**이 내린 언덕 위에
내 이름자를 써 보고
흙으로 덮어 버리었습니다

딴은 **②밤**을 새워 우는 **③벌레**는
②부끄러운 이름을 슬퍼하는 까닭입니다

그러나 **②겨울**이 지나고 나의 **①별**에도 **①봄**이
오면
②무덤 위에 **①파란 잔디**가 피어나듯이
내 이름자 묻힌 언덕 위에도
자랑처럼 **①풀**이 무성할 거외다
　　　－ 윤동주의 '별 헤는 밤' 중에서

① 별빛, 별, 봄, 파란 잔디, 풀 등은 시적화자가 긍정적으로 지향하는 시어라는 공통점이 있다.

② 밤, 부끄러운 이름, 겨울, 무덤 등은 시적화자가 처한 부정적인 현실을 드러내는 시어다.

③ 벌레는 창씨개명을 하고 언덕에 올라 부끄러운 이름을 슬퍼하는 시적화자의 정서를 대변하고 있다. 이처럼 자연물에 빗대 화자의 정서를 대변하는 것을 객관적 상관물이라고 한다.

객관적 상관물에는 벌레처럼 시적화자의 정서와 일치하는 감정이입 대상과 시적화자의 정서와 반대됨으로써 정서를 더욱 고조시키는 것을 대조물의 대상이 있다.

펄펄 나는 저 ④**꾀꼬리**
암수 서로 정다워라
외로워라, 이 내 몸은
뉘와 함께 돌아갈까
– 유리왕의 '황조가'

④ 꾀꼬리는 외로운 시적화자의 정서를 더욱 고조시키는 객관적 상관물. 즉 화자의 정서와 반대되는 시어인 것이다. 꾀꼬리는 시적화자의 외로움을 더욱 극대화시켜 주는 효과가 있다.

시를 창작할 때는 이와 같은 비유와 상징적인 시어의 특징을 익힐 필요가 있다. 일반적으로 많은 사람이 좋아하는 것은 긍정적인 의미로 쓰이고, 싫어하는 것은 부정적인 의미로 쓰이기 때문에 조금만 신경을 쓰면 금방 알아차릴 수 있다.

간혹 긍정적인 시어와 부정적인 시어에 대한 인식을 하지 못하고 자기 나름대로 어둠이나 겨울을 좋은 의미로 썼다고 하는 경우가 있다. 하지만 이런 것은 아무리 좋은 의도로 썼더라도 일반적인 독자에게는 정제되지 못한 시어의 남발로 보일 수 있다. 비유와 상징적 의미를 모르거나, 혹은 잘못 사용하여 시의 이미지를 망치는 경우에 속한다.

따라서 일반적으로 널리 통용되는 비유와 상징적인 시어의 의미를 올바로 익혀 둘 필요가 있다.

4) 창조적인 상징에 심혈을 기울이자

상징은 크게 원형적 상징, 관습적 상징, 창조적 상징이 있다.

원형적 상징은 모든 인류에게 공통적인 의미를 가지는 것을 의미한다. 예를 들어 모든 인류에게 '태양'은 희망을, '어둠'은 시련이나 고통을 상징한다.

관습적 상징은 사람들 사이에서 오랜 시간 동안 반복하여 사용되면서 자연스럽게 형성된 상징이다. '십자가'는 기독교를, '비둘기'는 평화, '백설'은 순수와 순결을, '구름'은 변심을, '사군자'는 절개를 의미한다고 받아들이는 것은 오랜 관습으로 굳어진 표현이다.

창조적 상징은 작가가 자신의 여러 작품 속에서 특별한 의미를 부여해서 개인적으로 정착시킨 상징이다. 이 부분에서 작가의 창의성이 좋은 평가를 받게 되는 것이다. 이육사의 '백마를 타고 오는 초인', 한용운의 '임의 침묵', 김소월의 '진달래', 이상화의 '빼앗길 들' 등이 여기에 해당된다.

자신만의 작품을 남기려면 창조적인 상징에 심혈을 기울여야 한다. 똑같은 소재라도 자신의 이야기로 만들어 객관성을 획득한다면 그것이 영원히 남을 자신만의 창조적인 상징이 되는 것이다.

1.
집을 나설 때면 아버지를 신는다

종아리 퍽퍽한 아스팔트 길도
돌부리 채이는 오솔길
자갈길 가시밭길도

발걸음 곱게 지켜주는
아버지가 있기에
두렵지 않다

2.
아버지를 신는다

아버지가
걸었을
아버지의 아버지가
걸었을
아버지의 아버지의 길 위에

닳고 해질지라도
감싸야 할 아버지의
길이 있기에….
　– 졸시 '신발' 전문

'신발'이라는 소재를 놓고 오랜 시간 고민했다. 그
러다 신발은 발을 보호해주고, 발은 삶을 지탱해 주는
기능을 한다는 생각에 '반짝!' 하는 생각이 들었다.
'아하, 나를 보호해주는 사랑!'
어머니가 생각났다. 그러자 다음과 같은 한 문장을
완성할 수 있었다.
"집을 나설 때마다 어머니를 신는다."
하지만 '어머니를 신는다'고 시작하니 뭔가 막히는

게 있었다. 그래서 어머니를 아버지로 바꿔 보았다.

"집을 나설 때마다 아버지를 신는다."

그러자 막혔던 가슴이 뻥 뚫리는 기분이었다. 아버지의 길이 떠올랐고, 먼 길 떠난 아버지와 어린 두 딸을 책임져야 할 아버지로서의 역할이 떠올랐다. 그래서 쉽게 마무리할 수 있었다.

다행히 많은 이들이 이 시를 좋아했고, 더욱 비유와 상징을 활용한 시 창작에 재미를 붙였다.

지금도 이 시를 보면 시를 완성시키고 한 동안 자기만족에 취해 있던 기억이 새롭다. 정말 행복했다. 세상 모든 것을 다 얻은 기분이다.

3. 시의 3요소 주제, 운율, 심상을 챙기자

시의 3요소는 주제, 운율, 심상이다. 좋은 시를 창작하려면 세 가지 모두 신경 써야 한다. 주제만 있고 운율과 심상을 살리지 못했다거나, 운율과 언어적 기교는 좋은데 주제의식이 드러나지 않으면 좋은 작품이라 할 수 없다.

우리 문단에는 사회의 분위기에 따라 이 중에 한 부분만 유독 강조했던 부류가 있었다.

1) 주제를 강조했던 카프(KAPF)

1920년대 카프(KAPF)는 문학을 계급혁명의 무기이자, 사회개혁의 수단으로 보았기 때문에 주제의식을 가장 중요하게 여겼다. 그러다 보니 사회비판적이고 전투적이고 도전적인 작품들이 많았다. 사회현실에 문제점을 인식하고 그것을 개혁하고자 하는 의도는 충분히 이해가 되지만, 많은 작품들은 도가 지나쳐 선동선전의 구호처럼 느껴져 대중들로부터 외면을 당했다. 시적 기능을 제대로 갖추지 못한 것이다.

"얻은 것은 이데올로기요 잃은 것은 예술이다."

카프에서 탈퇴한 박영희가 한 말은 주제의식만 강조하는 시창작의 한계를 잘 보여준다.

> **예)** 한 사람이 부르짖었다
> 으왁… 으왁… 군중은 흥분되어
> 사장실을 에워쌀 때
> 문고리에 나타나는 그의 마음
> 해쓱한 그의 얼굴… 눈
>
> 창을 깨뜨리고
> 죽이자! 저 비겁한 녀석을
> 군중은 더욱 흥분되었다

그대들이여
될 수 없노라! 이 공장을 쉬어도
한번 내린 삯을 올릴 수는 없다
가거라! 가거라! 하기 싫거든….

떨리는 전무의 선언

한 시간이 지내인 뒤
부서진 의자의 유해의
비린내 떠도는 방 속에
넘어진 두 생명의 민절(悶絶)이여
가난한 무리의 내친 설움!

전선으로
 – 김창술의 '전선으로'

2) 운율을 강조한 시문학파

1930년대에는 운율을 중요한 기교로 다룬 시문학파가 등장했다. 김영랑, 박용철, 정지용 등이 시문학이라는 잡지를 통해 작품을 발표하기 시작한 것에서 유래한 이름이다. 자음의 울림소리(ㄴ, ㄷ, ㄹ, ㅇ)를 주로 사용해서 낭송할 때 느껴지는 낭랑한 리듬감을 살렸다.

우리말의 아름다움을 음악성으로 살렸다는 점에서

높은 평가를 받고 있다. 요즘 시가 길어지고, 산문화되면서 음악적 요소를 상실한 작품을 쓰는 이들이 진지하게 고민해봐야 할 것이다. 당시 일제강점기라는 현실을 감안할 때 시대적 고뇌를 담지 못한 것은 한계로 지적받을 수밖에 없다. 시의 사회적 기능에 대해 좀더 고민할 필요가 있다.

> **예)** 돌담에 속삭이는 햇발같이
> 풀 아래 웃음짓는 샘물같이
> 내 마음 고요히 고운 봄 길 위에
> 오늘 하루 하늘을 우러르고 싶다.
> – 김영랑의 '돌담의 속삭이는 햇발' 일부

3) 심상(이미지)을 강조한 모더니즘

1930년대 후반에는 심상을 중요하게 여긴 이미지즘이 출현했다. 마치 한 폭의 그림을 그리듯이 언어적 기교를 부려 시를 창작하는 것이다. 산업화가 이뤄지는 과정에 도시인들의 고독과 이국적인 이미지를 그렸다고 해서 우리나라에서는 모더니즘이라고 부른다. 대표적인 시인으로 김광균이 있다.

많은 이들이 언어적 기교를 부리며 이 기법을 활용하는 경우가 많다. 언어적 기교에만 신경을 쓰다 자칫 자신만의 머릿속 그림에 취해 독자들에게 전달하려는 메시지가 무엇인지 명확하지 못한 한계가 있다. 시가 갖춰야 할 주제와 운율적인 요소에 신경을 써야 할 필요가 있다.

> **예)** 낙엽은 폴란드 망명정부의 지폐
> 포화(砲火)에 이지러진
> 도룬 시(市)의 가을 하늘을 생각게 한다.
> 길은 한 줄기 구겨진 넥타이처럼 풀어져
> 일광(日光)의 폭포(瀑布) 속으로 사라지고
> 조그만 담배 연기를 내뿜으며
> 새로 두 시의 급행열차가 들을 달린다.
>   - 김광균의 '추일서정' 일부

 주제만 강조하면 독자의 마음을 사로잡을 수 없고, 운율만 강조하면 시의 깊이를 느낄 수 없고, 이미지만 강조하면 현학적이고 어려운 시만 양산할 수 있다.
 최대한 주제, 운율, 심상을 모두 반영하는 것이 좋다.

4. 메시지를 분명히 하자

 메시지가 분명하지 않은 긴 시를 접하면 어떻게 접

근해야 할지 막막할 때가 많다. 시를 쓴 이가 자기 머릿속으로 추상어를 나열해놓고 남들이 그것을 이해할 것이라 착각한 것이다.

"이 시를 통해서 전달하고자 하는 메시지가 뭔가요?"

간혹 이런 질문을 하면 자신도 메시지를 정확히 정리하지 못하는 이가 많다. 자신도 명확히 제시하지 못하는 메시지라면 결코 좋은 작품이라 할 수 없다. 메시지가 분명하지 않은 시는 넋두리나 낙서와 크게 다를 바 없다. 따라서 시를 쓰기 전에 먼저 자신에게 물어봐야 한다.

시를 통해서 무엇을 얻으려 하는 것인가?

독자에게 어떤 메시지를 전하려는 것인가?

5. 자신만의 스토리를 만들자

아마추어 시인들이 가장 많이 범하는 오류가 어디서, 누군가가 이미 쓴 것 같은 시를 계속 양산하고 있는 것이다. 심한 경우 모방이나 표절의 의혹을 살 수 있다. 별 특색없는 글을 양산하는 것이다. 반드시 짚고 넘어 가야 할 문제다. 아무리 밤새워 쓴 글이라

하더라도 이미 누군가가 비슷한 이야기를 써놓은 것이 있다면, 그것은 의도했든 아니든 모방이나 표절 작품을 양산한 게 되고, 설사 표절이 아니라도 그 아류작에 머물 수밖에 없다.

따라서 자신만의 목소리를 만드는 것이 중요하다. 그러기 위해서 자신만의 스토리를 엮어낼 수 있어야 한다. 〈아버지 어머니 그리움 사랑〉과 〈아버지로 산다는 것〉은 가족과 소통하는 고유의 목소리를 내고자 함이다. 즉 시를 통해 나 자신만의 스토리를 만들어 나만의 목소리를 갖추기 위한 시도의 하나인 것이다.

빨리 일어나!
빨리 학교가!

하나, 둘, 셋
학교에 보내고

잠시 숨 돌리고 나니
에고에고

아직도 남았다
두 놈이 더 자고 있다

넷, 다섯
겨우 보내니

이제서야 찾아오는
차 한 잔의 여유
  - 구리시 김지은 어머니의 '엄마의 아침' 전문

　구리에서 5남매를 키우고 있는 40대 중반의 어머니가 쓴 시다. 우리 시대 5남매를 키우는 가정주부의 아침풍경이다. 자녀 셋 이상이면 국가에서 애국자로 훈장이라도 줘야 할 사회분위기로 볼 때 5남매 양육기를 그대로 표현할 수 있다면 정말 값어치 있는 글이다. 뚜렷한 목적을 가지고 5남매 자녀 양육기를 스토리로 엮어 테마시를 써낼 수 있다면 얼마나 좋을까?

　　할아버지는 산에서 나무를 베어 지게를 만들어
　　파셨네. 산림간수가 "콩밥 드시고 싶으세요 하
　　길래, 언니에게 "콩밥이 뭐야 물으니 "할아버지
　　잡아간다는 소리야"라고 했네. 그때 할아버지는
　　"잡아 가, 애비없는 새끼들을 키워준다면 내가
　　어딘들 못 가겠냐?"
　　그러자 산림간수는 오히려 지게 막대기를 깎아
　　주었네. 다음에 또 와서 "할아버지, 이제 그만하
　　세요"하니, 할아버지는 "저것들 클 때까지만" 하
　　시고, 그 모습에 우리는 부엌 뒤로 가서 얼마나

198

울었는지….

그때 내 나이 겨우 열한 살이었네.

  – 이천시 이상목 어르신의 '눈물로 쓰는 이야기'

이 작품은 어려서 부모를 잃고 할아버지 품에서 자라고, 35살에 남편마저 잃고 평생 이남삼녀를 힘들게 키우시다가 팔순이 넘어서 겨우 한글을 배우기 시작한 어르신의 시다.

지나온 삶의 행적 자체가 다 눈물로 옮겨 놓는 이야기들이지만, 사회적으로는 가난 때문에 한글도 제대로 배우지 못했던 어르신들이 거쳐 와야 했던 우리 근대사의 산 증언이다. 스토리로 엮어 낼 수 있다면 근대사의 한 페이지를 장식하는 야사로 남기는 장편 서사시를 남길 수 있을 것이다.

누구나 자신을 살펴보면 자신만이 쓸 수 있는 자신만의 이야기가 있다. 그것을 스토리로 엮어 낼 수만 있다면 그것이 곧 자신만의 목소리를 갖춘 시의 중요한 밑거름이 되는 것이다.

지금 당장 가까운 가족을 돌아보자. 그 속에서 자신의 역할과 지위를 찾을 수 있다면 얼마든지 자신만의 스토리를 찾을 수 있다.

6. 일차적 독자인 가족을 의식하자

글은 써놓고 나면 그 파급효과가 매우 크다. 일기장에 써놓은 글이 노출되는 바람에 상처를 받아야했던 사람들의 이야기도 심심찮게 들린다. 특기 가장 가까운 가족이나 주변 사람들이 받는 상처는 상상하는 것보다 훨씬 크다.

따라서 일차적인 독자가 가족이라는 것을 항상 인식하는 것은 매우 중요하다. 유명인이 되기 전까지는 아무리 좋은 글을 써도 관심을 가져주는 이는 많지 않다. 가족이나 친분있는 사람들이 관심을 갖고 읽어줄 뿐이다. 그런데 솔직한 글이 좋다고 정말 솔직하게 써서 그들이 상처받을 내용을 담는다면 어떻게 될까?

① 할머니는 나에게 아버지를 닮지 말라고 한다. 매일 술만 먹고 돈도 벌지 못하고 능력이 없기 때문이다. 하지만 나는 아빠를 사랑한다. 어쨌든 아빠이기 때문인걸 어쩌란 말인가?

② 남편이 술에 취해 잠을 자다가 일어나더니 냉장고 문을 열고 실수를 했다. 냉장고를 화장실로 착각한 것이다. 그리고 아무런 일도 없다는 듯이 침대로 가서 엎어져 다시 잠이 들었는데 그 모습을 보니 괜히 미움이 올라왔다.

솔직한 글이다. 이 글을 보고 비슷한 처지에 있는 사람이라면 동조할 수 있고, 그렇지 않은 이들은 재미있다고 웃어넘길 수 있다. 또한 이 글을 통해 아들의 마음을 안 아빠가 개과천선을 하거나, 아내의 마음을 안 남편이 술을 줄일 수 있을지도 모른다.

그러나 현실은 그렇게 녹녹치 않다. 지금도 수많은 사람들이 글을 쓰고, 또 수많은 지면을 통해 발표를 한다. 하지만 정작 글을 쓴 사람의 정성을 헤아리며 읽어주는 이들은 많지가 많다. 대다수의 독자는 자신과 관계된 사람에게만 관심이 있기 때문이다.

어쩌면 ①의 글을 쓴 아이는 이 글 때문에 친구나 주변 사람들로부터 편견에 휩싸여 더 큰 상처를 입을 수 있다. ②의 글을 쓴 아내도 어쩌면 당사자인 남편에게 "글을 쓴답시고 남편 망신이나 준다"며 부부싸움의 빌미를 제공할 수 있다.

따라서 글쓰기 초보자일수록 가족이나 친지, 친구들을 주된 독자로 상정하고, 이들은 반드시 내 글을 읽을 거라는 것을 염두에 두고 글을 써야 한다. 가급적 이들이 좋아할 내용을 쓰는 것이 좋다. 그들이 좋아할 내용을 쓸 수 없다면 적어도 이들이 기분 상할 이야기는 쓰지 않는 것이 좋다.

7. 제목의 중요성을 인식하자

　제목은 모든 글에서 다 중요하게 다룬다. 그런데 시에서는 그 중요성이 더욱 크다. 제목으로 시가 사는 경우가 있고, 제목 때문에 시가 식상한 것으로 전락하는 경우도 있다.

　1.
　못 보니까
　사는 대로 짓는다

　한 번이라도
　본다면

　함부로
　짓지 못하리라

　살 만하니까
　짓는 대로
　산다

　2.
　웃어 주니
　좋다

　입가에

눈매에
양 볼 가득

사람 좋은
모습으로

기쁨 채워주는
그대가
정말 좋다

이 시의 제목이 무엇일까?
한번 진지하게 고민해 보자.
정말 이 시의 제목이 무엇일까?
"미소요."
"행복이요."
"얼굴이요."
많은 이들이 이렇게 생각한다. 어쩌면 지금 이처럼
생각한 독자들도 많을 것이다. 물론 완전히 틀리다
고 볼 수는 없다. 하지만 처음부터 의도한 제목과는
거리가 있다.
한번 더 생각해 보자. 힌트는 다음과 같다. 많은 사
람들이 자기 것이라고 생각해서 마음대로 쓰기 때문
에 문제가 생기는 것이다. 어떤 사람은 자신의 것인
데도 평생 이것을 제대로 보지 못하는 경우도 있다.

일부는 거울을 통해 본다고 하지만, 그것은 어디나 반대의 모습일 뿐이다. 왼쪽 눈이 찌푸려진 사람은 자신이 오른쪽 눈이 찌푸려져 있다고 착각할 수도 있다.

이것은 무엇일까?

'표정'이다. 자신의 것이지만 평생 못 보니까 함부로 짓고, 살 만하니까 자기 멋대로 지으며 산다. 따라서 사람 좋은 사람이 되려면 항상 웃는 표정을 짓는 노력이 필요하다.

'표정'이라는 제목을 생각하며 이 시를 다시 읽어 보자. 분명한 메시지가 보이지 않는가? 제목의 중요성이 보이지 않는가?

1.
배 부른 마음
한둘셋

톡톡톡
단장하고

그를 향해 건너 가네

설레는 아침
부푼 미소

2.
분홍빛
온통

햇살이 쏟아지네
내 가슴 가득

그대의 얼굴

내 안에
나를 일으키네

이 시는 〈책 쓰는 엄마〉 프로그램을 할 때 워킹맘인 수강생이 쓴 시다. 이 분의 목적은 화장품 회사에서 최고의 뷰티 컨설턴트가 되는 것이다. 그 목적을 이루기 위해 이 시를 썼다. 과연 이 시의 제목은 무엇일까?

히트는 직장에서 최고가 되겠다는 이가 아침마다 화장할 때 부푼 미소를 짓게 하고, 가슴 가득 햇살을 채우게 하는 대상이 누구냐는 것이다.

제목은 바로 '고객'이다. 직장상사나 고객이 이 시를 본다면 어떤 반응을 보일까? 제목 하나가 시를 확 살려준 것이다.

새벽에 운동 가니
낙엽이 떨어지네

추워서 옷깃 여미는
사람들 속에

운동을 하고 나면
몸과 마음 상쾌하네

하루도 안 빠지고
운동하니 좋네

이 시는 어떠한가? 그냥 시만 놓고 보면 흔히 볼 수 있는 평범한 시다. 그러나 '여든넷을 살아 보니'라는 제목이라면 어떤까? 이 시를 쓴 분은 일흔여덟까지 한글도 몰랐지만 뒤늦게 한글을 배우고 이제 막 시 공부를 시작한 정정한 여든네 살의 어르신이다.

이런 배경지식을 갖고 보면 제목이 이 시를 어떻게 살리고 있는지 쉽게 이해할 것이다.

8. 하나의 장면으로 이미지화 시키자

시는 강렬한 이미지를 담은 한 편의 그림처럼 깔끔히 처리하는 것이 좋다. 시인이 구체적으로 설명까지 해 놓으면 독자가 들어설 자리가 없어진다. 독자가 들어설 자리가 없다는 것은 곧 독자에게 외면 받을 확률이 높다는 것이다. 시를 쓸 때는 너무 많은

내용을 담으려고 하지 말고 하나의 장면으로 이미지
화 시키는 노력을 기울여야 한다.

> 들어가네
> 들어가네
> 마른 논에 물 들어가네
> 세상에서 젤 보기좋다는
> 쩍– 쩍–
> 마른 논에 물 들어가네
>
> 에잇!
> 설마
> 제비 주둥이 같은
> 내 새끼입에
> 밥 들어가는 것만 하겠어
> – 춘천시 이경옥 어머니의 '행복' 전문

　농사를 지어 본 사람은 안다. 가뭄으로 쩍쩍 갈라
진 논에 단비가 스며들 때의 기쁨을! 그런데 그 기쁨
보다 아이 입에 밥 들어가는 모습을 보는 엄마의 마
음이 더 행복하다는 것이다. 이 얼마나 강력한 이미
지의 힘인가?

> 햇님을 찾네
> 수많은 아이들 중에
> 햇님은 오직

하나

열 살 딸아이
첫 연주회

나도 이제
엄마인가 봐
– 춘천시 오미자 어머니의 '리코더 연주회' 전문

리코더 연주회에서 오로지 자신의 아이만 눈에 들어오는 엄마의 마음을 이처럼 잘 표현한 시가 어디에 또 있을까?

강렬한 이미지가 더 많은 메시지를 전달한다.

TIP. 소통의 시창작교실

1. 시를 소통의 도구로 인식하자
2. 비유와 상징을 이해하자
3. 시의 3요소 주제, 운율, 심상을 챙기자
4. 메시지를 분명히 하자
5. 나만의 스토리를 만들자
6. 일차적인 독자는 가족이라는 것을 인식하자
7. 제목의 중요성을 인식하자
8. 하나의 장면으로 이미지화 시키자